FOR2

FOR pleasure　FOR life

FOR2 40
可是我偏偏不喜歡

作者　吳曉樂
插畫　何學儀
責任編輯　張雅涵
設計　林育鋒
排版　Isabelle
校對　呂佳真

出版　英屬蓋曼群島商網路與書股份有限公司台灣分公司
發行　大塊文化出版股份有限公司
台北市 10550 南京東路四段 25 號 11 樓
www.locuspublishing.com
TEL: (02)8712-3898　FAX: (02)8712-3897
讀者服務專線：0800-006689
郵撥帳號：18955675　戶名：大塊文化出版股份有限公司
法律顧問　董安丹律師、顧慕堯律師

總經銷　大和書報圖書股份有限公司
地址：新北市 24890 新莊區五工五路 2 號
TEL: (02)8990-2588　FAX: (02)2290-1658
製版　瑞豐實業股份有限公司

ISBN：978-986-97603-1-7
初版一刷：2019 年 6 月
初版三刷：2019 年 7 月
定價：新台幣 260 元

Printed in Taiwan

可是我偏偏不喜歡

But It's Really Not for Me

吳曉樂 著

何學儀 繪

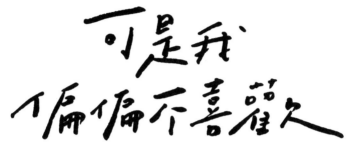

目錄

推薦序

偏在

江鵝（作家）

吳曉樂說起各種「可是我偏偏不喜歡」的時候，有一種腰桿堅挺的氣勢。而且帶著動作。雙手攀扶摸索，向上。她想站直，正在站直，站上屬於她的位置，最終氣宇軒昂。

令我欽敬的意志續航力。

是世代差嗎？差一個年級，女人承擔的形象依然近似，掙脫的姿勢和力道卻大有不同。除了她，還有母親。她與母親之間的拉扯，特別吸引我注意。在韓國釜山得男佛前，她們在立心上拉扯。母親明白求子不可得的辛苦，希望她能預先置備庇蔭，要用就有，不用也無傷。女兒不肯，因爲當年就是這種立心，傷了母親。此心不可立，不可縱，不可不戰，即使要戰的是整個世界。

這份心意，母親們跟上了嗎？

世上最嚴酷的警總，在女人心裡。但不是每個女人都意識得到自己一人分飾司令與嫌犯，刑求與招認，傾軋與窒息。父權社會對女人採取電擊項圈式訓練，多數女性早年就能學會，在一趟鼻息之間完成自審自囚的程序，不僭越世道不肯給的權益，而且因爲發生得頻繁，久之還當是呼吸的一部分，行有餘力並且不忘提點她人凡事自罪，這個「她人」得用女字旁。

二人以上參與的審查和拘提，難免出現掙扎抗拒，而這二人的組合，因爲社會結構的緣故，經常是母女，越是害怕觸電的母親，越常囚禁女兒，因爲捨不得心愛的孩子在行走間受到更大的傷，乾脆自己先打，打怕她。母親們經常忘記兩件事實，一是女兒活的是她自己的命，二是女兒年輕，而且強壯。女兒未必遇得上母親曾經遭遇的電擊，即使遇上，未必經不住，有些人甚至智勇雙全，能挺著疼痛找出電源開關，一拳捶爆那些傷害過自己母親的東西。

能夠如此相互明白的母女，是最強大的支持團體，但「相互明白」不是一席話說完就能開花結果，要磨。書裡常能看到吳曉樂與母親的相互砥磨，也許直面，也許背對，但始終不曾中斷凝望。無論是笑是淚，她們在心裡一直看著彼此。她的躊躇，是她的堅毅；她的決斷，是她的牽掛。

人無法預測前路，卻能練習步伐。幼時的吳曉樂曾經埋怨母親不願爲她放下正在閱讀的書本，日後卻領悟，能有個偏偏不願放下心之所向的母親，不是每個人生下來都配給得到的行路教練。人可以偏偏要，偏偏喜歡，也可以偏偏不要，偏偏不喜歡。倘若無論如何都有人叫好，卻也有人看壞，選自己甘心好樂的事來偏偏，總是不虧的。

一個人能站起來，不只是一個人的起來，尤其女人。行路有伴當然好，但最好的，終究是能站直來走，不必人扶。愛牽誰牽誰，不想牽的時候，任止任行，遠近高低熱鬧寂寞全由自己。想自由自在，首要條件是自己得在，無論別人如何不給不許，自己偏偏得在。吳曉樂，偏偏就是在。

序曲

書寫的起源

從小，妳就被人家說是個過於纖細的孩子。對妳而言，人情寒暄底下的伏流，不知道爲什麼，妳就是能聽見那些微弱的潺潺聲響。彷彿被紮了太多天線的基地台，時常得接受那些資訊，也不管妳願不願。只要心思緩緩沉降，仔細凝睇眼前的光景，那些人與人之間的乖離與疏和，彷彿鳥，妳辨見了尋常人看不見的顏色。可能妳的幅寬只比尋常人才多上一公分，但生命中衆多哀樂就跟著那一公分，如同爆滿的廣告傳單，隨著取遞而散落一地，不多看一眼都不行。不只一位長輩形容妳，這個小孩不像個小孩，太早熟了。語氣是棉花裡頭裹一根針，妳

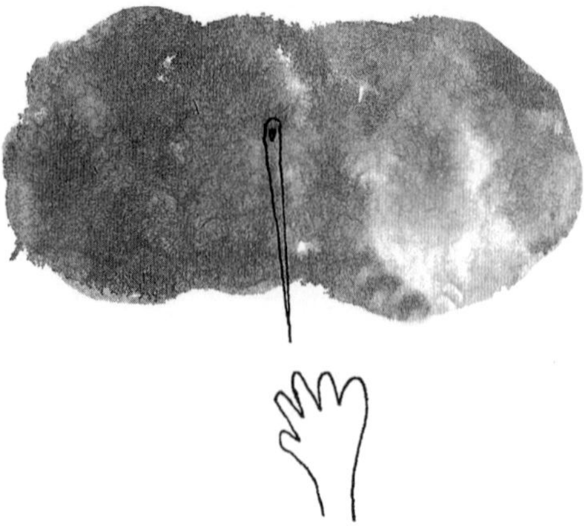

沒太認眞，掌心向上去接，妳很乖，人家說拿禮物要雙手向上，妳雙手向上去迎接長輩的話，後來掌心的那枚血點，某些特殊的場合就疼，妳始終放不下。

那時妳的父親即將迎上人生的轉捩點：被密友秘密挪運他累積已久的積蓄。那位先生，體型胖大如瓜，笑起來和藹如果蜜，父親攜著妻子與一對兒女同行時，那位先生也懂得送上幾把甜糖，妳卻徹底討厭這個男人。後來事情發生時，父親暴怒且不可置信，妳對父親的不可置信感到不可置信，怎麼可能？父親難道沒看見那雙被脂肪推擠的狹長眼睥底下飛快掠過的賊光嗎？無論如何妳是看見了，但妳的預言都被童言無忌四個字給吞沒。父親不信，一個孩子能懂什麼。妳對那位先生的壞話很常在社會的因循苟且之下，被解讀爲某種驕寵的表徵。妳只能眼睜睜地看著陰謀的被完成，酒瓶成了花圃的新植被。父親其實不沾酒的。母親爲了塡坑，卸了妳與弟弟的定存。

也曾有一次，摯友向妳介紹鄰居男孩，唇紅齒白，隔壁幾班。三個人坐在麥當勞的圓桌前，眼觀鼻，鼻觀心。待摯友起身去領取餐點的間隙，妳開口問男孩，你喜歡我的朋友嗎？男孩的臉色妳至今都擱在心上，一副內心世界冷不防給誰打穿，又望上一望的恐懼。男孩瞪著妳，一陣子才恢復鎮定，先確認，這是她自己跟妳說的嗎？妳搖頭，很老實地說，不，我看出來的。男孩又問，為什麼？沒有人看得出來，好幾年了，我喜歡她好幾年了。妳又搖頭，不知道從何抽繹這問題，也許那是資訊的蒐集，合成與堆疊之術。從男孩與妳朋友說話時，語氣時常反覆迴旋，或是發表言論後，害怕自己過於坦率而只好微笑，微笑背後隱隱的憂傷。妳在很小的時候就很清楚一件事，暗戀的人，都好辛苦。當我們喜歡一個人，彷彿不徹底地貶低自己，就無從證明這份情感的高貴。把自己反覆摺疊，終至渺小，只求能嵌進對方生活的可憐兮兮的模樣。後來妳成了男孩的樹洞，男孩細細訴說他每一天的聯想。有時妳幾乎要產生幻覺，這也許是男孩最幸福的時刻，薛丁格的暗戀，盒子被掀開之前，什麼都有可能，可能喜歡，可能不喜歡。這段交誼隨著男孩轉學而失散，離別前，男孩跟妳坦承：我是個朋友很少的人。只能默默地喜歡我的鄰居，謝謝妳陪我這麼久。

小學六年級，妳喜歡一個女生。築。築。築膚白，大眼，喜歡綁兩條辮子，一個人到底得多漂亮才有能耐編這種髮型而不惹人心煩，妳嫉妒築，又不眞正嫉妒築，築太漂亮了，若嫉妒她，似乎顯得自己更醜了。妳於是說服自己，喜歡築，久而久之，還眞動了意。築的父母日日對著彼此咆哮，他們深信與對方結婚是自己此生最愚蠢的決定。築想逃離那對名爲父母的陌生人，她流連網路交友，認識了一位乾哥。乾哥抵達校門口那天，築央求妳一起去校門見他。初初照面，築彷彿身上的骨頭都斷了，不只一次地往乾哥的懷裡倒去。

妳反而很受不了乾哥看著築的眼神。教室的布告欄前，曾有一樹栽，上頭棲著好幾隻鳳蝶的幼蟲。老師說，這是爲了讓你們理解到生命的意義。下課後，同學們紛紛微蹲，撐著膝蓋，注視蟲以小小的口器呑服嫩葉，注視牠們蠕行、慢呑呑地前移；幾天後，蟲肥了，幾個男孩興高采烈地拿筷子跟水槍攻擊蟲，粉粉的蟲軀淌流出綠色漿液，生命的意義。男孩看蟲的眼神，乾哥看築的眼神。妳覺得太像了。一個會在網路上跟十一歲女孩談到性的男人，究竟算什麼？妳很不安，妳的感官老是給妳蒐集太過巨量的資訊，資訊又自作主張地在腦海結構成一些什麼。人們怎麼稱呼？直覺？預感？

哎，妳覺得築好危險。

幾日後的外掃區，鐘聲響起，還有兩三分鐘的餘裕，築問妳，妳覺得乾哥是個好人嗎？妳看得出來，築渴望一個心想事成的答案。連日下來，築都在說乾哥有多麼好，多麼懂她，比她的父母更愛她。築的父母忙於推卸築的監護權，築想得很美，父母之間，她可以選擇乾哥。妳決定對築誠實，或許因為妳喜歡築，更重要的是，妳認爲妳的喜歡比乾哥的喜歡更健康。妳說，乾哥不是一個好人。妳還想說些什麼，沒說，築承受不住了。她凝視著妳，一陣子，築張口了，妳知道嗎，有時候我覺得跟妳在一起很可怕，妳好多想法好多感受，怪人。妳彷彿被貫穿的布偶，毛毛細細地綻出棉絮。怪人，多懶惰的字眼，妳爲築做了這麼多，築把妳批得這麼俗。不用說妳老是記得築的生日，築要別人提醒，才軟軟送上一句生日快樂。妳後來疏遠了築，畢業之前築可能要去乾哥家住了，妳不再介意，乾哥會等築長大嗎？掌心的那枚血點刺痛起來，妳的胸肺脹痛，尋思，我這過細的心眼，老是看得太過清晰的心眼，除了讓那些畫面反覆磨心，這副心眼可曾應許過一日的承平？賞賜一日的從容？沒有。都沒有。看得出誰喜歡誰，誰即將欺凌誰，誰又意想著利用誰，一點都不好玩。心如同感光紙，那樣輕易就變色。

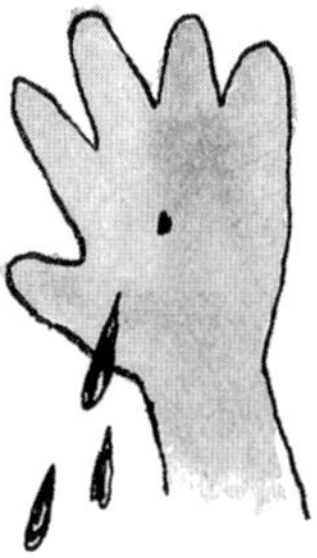

築把妳關上。

妳於焉變得渾噩，如調整顯微鏡焦距般調移收受外界景物的清晰度。妳怔怔地過活，像是近視的人不掛上眼鏡，又看著沒有聲音的電視。沒有感覺，疊加起來就是很舒適的感覺。妳以爲自己會這樣不問是非地快樂下去。高中時，遇見了《流離》，封閉的作家，卻打開了妳。妳踉蹌地拾掇著黃宜君的文句，即使是簡單的標點符號都讓妳失神昏眩。這世界上的另外一個人，把生活中滲痛的枚枚血點串成線，線又織成面。藝術多脫胎自兩種心情：覺得太痛了與太美了。電影《大話西遊》中，觀世音告知至尊寶：你還沒有變成孫悟空，是因爲還沒遇上給你三顆痣的人。有些人之所以能親近藝術，無非是因爲他們太蒼白脆弱，太容易給誰在命運上燻了三顆血點，只能不得不地或書寫，或描繪塗料，或雕刻，或歌舞，或撥弦鳴擊。妳第一次那樣鮮豔地察覺到，這世俗之上，有一些志業恰好專屬於那些，心如同感光紙的人。

妳開始寫，寫下人與人之間的事情如何經過妳的心，顯影在紙上。

很多年後，妳在網路上看到一則評價，很短，一行：這個作者有很好的觀察力。

掌心的血點如被撒了土粉，緩緩合成一枚痣。

如同一隻沒完沒了地飛翔的鳥，終於目擊了一塊礁島，妳緩緩潛入低空，嘗試以微小的角度向前俯衝，如同夢境中妳演練的無數次著陸，如今妳可等到了。迎角增大，終至被緊鎖，深失速，妳傾跌在島上，反作用力自地面深深擁抱著妳，痛也是快樂了。妳數著呼吸，即使島上一片荒蕪，也是妳的全部了。

女兒們在天平上躊躇

位於釜山的海東龍宮寺，自入口起，有一百零八階。參觀路線爲拾級而下，再沿著原路返回。路邊的石壁裡，有一尊佛像，得男佛。與我同行的母親注視著佛像，半晌，她小聲建議，妳摸一下吧。聞言，我心如突逢亂石投入，餘波陣陣，但不好在異地吵架，我輕語，回程再說。半小時後，我們又與那得男佛狹路相逢，場面又僵了，母親的語氣跟姿態都比上一回更低，摸一下，只是摸一下。我反問她，爲什麼。母親結巴說，就只是、只是確保妳將來生下一個男孩子吧。我深呼吸，擠出一絲微笑，說，我們走吧。母親牛似地不肯，拗聲要求，妳爲什麼就是不肯。我沒答腔，轉身低著頭一階一階踩，母親追上來，又質問，爲什麼不嘛。我回頭看她，反問，我是女兒，妳也是女兒，我們怎麼可以這樣，這對妳公平嗎？對我又公平嗎？說完，我復往前走，母親的聲音在耳後響起，我只是希望妳幸福，我知道這個社會上大家都說男女已經平等了，可是、可是沒有兒子的女人，還是會被人說話的。母親的話絆住了我，我再也無法往前一步，我心底雪亮，某程度上，母親是在跟過去的自己說話。

我一生下來，評價兩極。以父母而言，我是他們第一個孩子，簡直摯愛。奶奶一得知我的性別，難掩沮喪。奶奶始終在盼著一個長孫，大伯夫婦生了兩個女兒，他們累壞了，決意止住，奶奶只剩下二媳婦能寄望。母親剖腹產的傷口還滲著組織液時，奶奶已經止不住關切，什麼時候再生？一年後，即使醫生認爲母親傷口癒合的狀況不佳，母親的肚子還是大了起來。母親不是不在意醫囑，只是人情在身後苦苦地追。奶奶告訴母親，爲了一個孫子，她不曉得在夜裡驚醒、輾轉反側多少回。母親覺得自己對奶奶的憂傷責無旁貸，她回到老家，找自己的母親傾吐焦慮，兩個女人驚惶地討論，要怎麼擔保一個男孩呢，外婆說，去找媽祖吧，媽祖慈悲，會答應妳的。

我問母親，拈香時妳想著什麼。

母親的答案老實得不可思議。害怕，她說，我好害怕。怕第二胎又是個女生，要再懷孕一次，肚子又要被劃開，生妳的時候傷口密合得不理想，我不認為我撐得過短時間內剖腹這麼多次。

第二胎是個男孩。我有了一個弟弟，奶奶迎來她等待多年的長孫，母親的苦難結束了。我後來把這過程告訴朋友們，回響熱烈，那些女兒們告訴我，類似的故事在他們家中也搬演過。沒有產下兒子，讓母親被責怪，而身為女兒的她們，也共享了那份羞恥感。

其中有個故事十分立體：朋友的父親是獨子，底下三個女兒。一日祖父跟鄰居吵架，鄰居氣急之下，脫口而出「你就是陰德不足，才生沒有孫子」，祖父氣得轉身走進家屋，找著媳婦，也就是朋友的母親，暴雨似地惡罵。朋友說，要在那種處境下不發瘋，得很自制。她的母親竟還有力氣去愛這些女兒。她敬佩著母親的自制，也驚愕人們可以這麼不自制。有時候，人類的無知實在放蕩。我一直以爲這敘事會隨著歲月流轉而化爲前塵，人們日後談起這段，會以一種白頭宮女話從前的姿態：「很久很久以前，女人的地位繫之於生育」。直到這幾年，見人議論某位女星就是因爲積德不足才生了三個女兒。我才明白，即使校園的生物課已指出孩子性別的決定機制，知識卻阻止不了人類渴望逞欲的心。在知識與幹話如萬馬奔騰的場面之中，我們選擇了後者，我們實在戒不了傷害人的快樂。

再回頭去說童年吧。兩位堂姊的衣角是我緊緊抓握的一切。弟弟出生後，我基本上歸堂姊們管，奶奶總捨不得弟弟，去哪都抱著他，弟弟安睡了，就在他身旁守候。我跟堂姊睡下後，奶奶牽著弟弟，漫步至鄰近的柑仔店，弟弟挑他喜歡的玩具。我跟兩位堂姊，我們這些女孩們，一起玩大伯母買的玩具，印象中，玩得倒也開心。未曾有人抗議，爲什麼他有，我沒有，我們跟著接受了，他是奶奶等了好多年的男生，而我們不是。想想這眞是讓人感傷，我們就這麼領教了。像是學習，走物爲狗，翔物爲鳥，在街上裸裎著肚腹的爲貓，被人渴望的存在爲兒子。而我們以上皆非。

奶奶難道不愛我及堂姊嗎？我相信她也是愛的。根據我的巨大門牙，奶奶給了我絕對足夠的營養，但，基於某種她也無法釐清的機制，她格外寶愛著會帶著丈夫姓氏走下去的那個男孩。堂姊們去上學後，我顯得孤獨。奶奶與弟弟是一組的，我一個人一組。父母北上看我，我一副鬱鬱不樂的模樣。母親要父親去跟奶奶商量，一番揪心的長談後，我跟弟弟回到父母身邊。我很少想起奶奶，倒是常想起兩個堂姊，到後期，她們更像是我的照顧者，做我的玩伴，給我編髮，帶我去買布丁，也跟我一起經受著被至親冷落的微微黯淡。

母親後來問我，為什麼妳不喜歡在奶奶家？我告訴她，因為奶奶都只看弟弟，不看我。對於一個還沒上小學的孩童而言，尚且不懂得使用偏心這兩個字，只能藉由現象的描述來讓母親明白：在奶奶家，我無法得到注視。母親說奶奶時常打電話給她，抱怨我喜歡攀爬到高處，像是冰箱上，她時常要警惕我的跌落。奶奶認為，我是很難帶的小孩，很不乖。母親在多年後回憶著奶奶對我的評價，我聽了卻滿腹惆悵，那些機巧的小動作，可能是一個孩童對於主要照顧者的拙劣示愛：看我，看我，我在這裡啊。

奶奶還在很年輕、年輕到難以想像自己有一天會成為奶奶的時候，我猜也曾被誰放在天平一端上，並且沮喪地發現指針的震顫渺乎其微。很可能從那一刻起她習上了，女孩是輕，男孩是重。女孩長成了媽媽，奶奶，每回身分的轉換，她也亦步亦趨地臨摹著前人留下來的法則。把姑姑放天平上，把堂姊們放天平上，最後，也把我給拎上了天平。於是，一批批的女孩們，繼承了血，更繼承了這份自厭的遺情。細想眞是淒涼，多像一筆無法拋棄繼承的債務。

朋友近日懷孕了，是個男孩，衆多道賀詞中，她最受不了的莫過於「一舉得男」、「喜獲麟兒」。她知道自己被讚美了，但她還想不出來自己做了什麼好事，像是，懷了一個男孩而不是女孩嗎？另一個朋友懷孕了，是個女孩，她察覺得到，大家都在嘗試著撫慰她，以任何語句。女兒貼心。女兒懂事。兒子長大了會跟女朋友走，可是女兒不會，女兒戀家。這麼多理由，只讓她覺得寂寞，愛一個人，怎麼會需要這麼多理由。彷彿我們在討論一個略有瑕疵的存在，必須一再遊說，才讓人勉強喜愛。更讓她隱傷的是，懂事，貼心。她想到自己，這些特質其實都會壓垮一個人。在家庭中，女兒被期待著扮演一個柔軟小棉襖

的角色，微笑，沒稜角，察言觀色，說話甜蜜且每一句都讓人想緊緊相擁。女兒們也是照顧者，照顧小孩，伴侶，自己的父母，伴侶的父母。懂事，貼心，戀家。她們從來也不被鼓勵走出家門。我曾想過，若交給女兒一紙輿圖，悄悄引誘她，她是否也會渴望離開？到底是戀家？還是外頭的世界雖契闊，卻也在漫漫排擠著女兒們？朋友的結論是，單從我們對於生男生女的祝福，方知曉終究我們還是在爲偏見服務，只是服務的過程中，我們至少製造了快樂。

回到得男佛的問題。只要伸出手，輕輕一個撫觸，我跟母親可以不必在穿梭的遊客面前上演相互爲難的戲碼。但，爲什麼不呢？什麼抗拒著這種無關緊要的指令，還是說，一切並沒有表面上的無關緊要？我怎麼可以祝福自己，向神禱祈，請保障我一個男孩。好讓我得以逃過沒有兒子的女人所將遭逢的命運。我看著母親，意識到有時候人事傾圮，我們只能跟著長斜身軀，但，爲什麼不伸手挑釁？媚行一回？罷了、罷了。懂事，貼心，不要怪母親，她也被嚇壞了。

懂事，貼心，把別人的爲難化成自己的爲難，女兒們擅長這麼做，在人生的某個階段，也期待自己的女兒們模仿她們這麼做。我突然間覺得，這麼苦澀的遊戲，神佛有情，恐怕也想說，別玩了，沒看見玩的人都這樣不愉快麼。我沒有再說話，把話題移走，導遊在等我們了。我跟母親在海氣瀰漫的階梯續向前行，突然她說，對不起，妳說的對，我不應該要求妳做這件事。我說，沒事了，我們快去會合吧。

我聽見胸腔內巨大的回聲，那道聲音說：不怪妳了，若去除人世紛擾，我相信妳可以更專心地珍惜妳的性別。不生氣了，因爲我清楚，妳老家餐桌上的雞腿跟蛋，從來也不屬於妳。

我與我的血

即使到了三十歲，我還是時常做同一個夢，夢到從自己體內流出的鮮血浸滿了整件床單，而旁人以詫異的眼神目睹著那些血毛毛細細地往外擴張，我想起身來收拾，卻發現自己動彈不得。

這個夢我做了十次有餘。有時經期來了而我正好倒在床上，也躲不掉瞬間的眩然，我還在那個夢裡嗎？我也好奇佛洛伊德會如何分析我的夢境，我是否有童年的受傷經驗？是否有誰在我面前以怨懟的口吻敘述月經？而旁觀我的失態的群眾，又象徵了什麼？

小學高年級時，身邊的女同學們像是果實催熟般，一一來了初經，正式宣告進入人生的下一階段。衛生棉品牌的廠商也走進校園，跟我們解釋月經的成因，會末每人發下一小盒體驗組，我記得有三片。我將它們一一抽出，卻不能掌握它們出現的時機。爲什麼有一片這麼厚？身旁那些數著日期在書包裡塡入小束口袋的女孩們，靦著顏解釋，那一片是睡前用的。有些女生出聲詢問，有誰懶得提這一盒體驗組的，不如送給她，確實有人不在意，後腳一出禮堂，轉送了出去。我注視著自己的體驗組，莫名地有了心事：我的月經會來嗎？

升上高年級以前，我從報紙上讀到一則新聞，一名女性到了近三十歲卻仍沒有經血，女子以爲自己體質特殊，又赧於求診，徘徊十幾年，才尋醫解惑。經過一連串檢測，女子從醫生口中得知一個不可思議的眞實：「她」的體內沒有子宮與卵巢，只有發育不成熟的睪丸。新聞的尾聲是：「女子」得知這件事後，表示自己得思考一下，可能得學習成爲「他」。這新聞如一尾靈蛇，順著我的閱讀鑽入我的體內，以我的恐懼爲糧，日夜抽長，漸漸肥滿。從小到大，不知被多少外人提到「沒有女孩子樣」，我貪圖芭比又深愛恐龍模型，最執著的則是變形金剛。靜靜地待在原處，提著玩偶假設彼此是一家人，時常讓我感到疲煩，我必須坐在沙坑裡把自己弄到一身灰髒，指甲縫裡卡滿了土才甘願回家。我懷疑起自己的「身世」，莫非我的體內也少了一組器官，弄得我相較於其他女孩，總像個煞有其事的贋品。

就這麼，睡前固定要進行思考的內容，除了「人爲什麼會死掉」之外又增加一項，「爲什麼我的月經還沒來」。恐懼爲我帶來寫實的考驗：若我的體內也沒有子宮與卵巢，要如何重新安排我的行止？該怎麼說服別人，我的行爲合於我體內其中一對染色體所顯示出的資訊，兩者沒有扞格。

煩惱一旦開始便沒完沒了。朋友說，女人的初經時間會與母親的相近似，我跑去煩母親。母親的答案是，由於她年少家貧，小學一畢業就被往工廠送，做女工貼補家用，工廠經年維持在低溫以防漁獲腐敗，母親纖細的小手分派著那些悄悄結凍的魚蝦，腳底又有沁涼的氣體輸送。經血給凍在體內，離開工廠時才涓涓滴落，那年她十六歲。彼時我過於幼稚且自憐，沒有意識到母親正藉由她的血流下的過程，含蓄地描述她其實有個發育不良的童年。我僅僅執著在，我非得等到十六歲才能翻開「命運」那張牌嗎？我的成績下跌，人際關係緊張。作風洋派的導師把我喚至她的辦公桌前，拉著我的手，以一種如今餐廳服務員被無良經理要求的角度：仰角三十度，凝望著我，語氣循循善誘，妳怎麼了？很多同學說妳變得怪怪的。我乾瞪著老師，無話可說，我怎能啓齒，我擔憂我其實不是女生。

就在我的焦慮日益清晰，幾乎要有了自己的聲音時，血流出來了。

我以爲我會好受許多，偏偏事與願違。

我時常因爲我的經血而出糗。我老是無法掌握她造訪的時間，或者看似乾涸了卻因爲我喝了什麼燥熱的湯品又大肆奔流。那血，讓我的身體成了一枚具有墨水自動補充系統的印章，壓印在所有我行經的椅子、床單、衣物上。我因此事的笨拙而被親屬朋友一再訕笑，我越追求無瑕，就越容易弄髒。不知從何時起，我反覆做著關於經血的夢。我從旁人的眼神很清晰地認識到，從陰道流出來的血是不一樣的。我的鼻血，我被機車撞爛的膝蓋汩汩地向兩側氾濫的血，都不會讓人聯想到不潔，但經血會。高中體育課，一位女同學走至體育老師跟前報告，老師我月經來了，不能跑步。體育老師那年輕的、俊俏的臉倏地脹紅，嘴巴囁嚅著卻無法組合成有意義的詞彙，他甚至無法複述一次那個字眼，月經，而只能吐出，妳、妳，那妳下一次再測驗吧。很多年後，我在另一個年輕男子的臉上找到同樣的表情，美妝店的店員，我把兩包衛生棉放在結帳檯上，他那年輕的、俊俏的臉倏地脹紅，嘴巴囁嚅著，妳、妳需要紙袋嗎？我那時誤聽，以爲他是詢問是否要索討塑膠袋，反問道，一個塑膠袋嗎？他只得進一步解釋，因爲妳、妳買了這個，所以我們提供紙袋。他幾乎無力指出這物件的名字，如同當年的體育老師難以咬出月經這兩個字。

我也曾憎厭我的月經。我用盡千方百計仍只能稍稍緩解其帶來的痛苦。曾有男人試著要我形容這份感受，我答，如同脊椎被從中抽了一節，有些臟器得不到足夠的支撐於是沉墜，壓迫起妳的下腹，身體全數的肌肉爲了應付這位移而過度緊張，不時傳來惱人的痠刺感，最後連頭也無可厚非地泛疼了起來。初上大學，身體還在認識環境，長達四個月，月經失聯了，我喜悅得可以在無人的宿舍內酬神似地漫舞，慶祝自己終於擺脫了悶痛黏膩，以及其所附贈的躁鬱，好景不常，我的身體奇異地浮胖了起來，像是不知節制的海綿。門診的醫生表示，非得給我一針，讓經血降落。幾天後，體內排出了深褐色，彷彿壞掉的、枯荒的血，四肢徐徐恢復了原本的尺寸。自那回起，我變得相當尊重自己的月事，部分是不想再挨針，部分是我終究經驗到，當我厭惡著自己這規律地滴出鮮血的身體時，我的身體也以等量齊觀的惡意回敬著我。

一年過年，基於我的生肖，我非得進入廟宇，平靖我的流年。恍惚我想起我的血，告達母親，母親陷入爲難，她尋思良久，決定去找家族的另一位耆老定奪。我整個人在門檻前好整以暇地等待著，對我而言兩種結局都不吃虧，畢竟過年參拜的人潮摩肩接踵，我也不想在一身累痛的狀況下，如同魚池內爭食的錦鯉般，祈求神祇在芸芸眾生中多保佑我幾分。我甚至手插著口袋，心不在焉地悶哼起歌。幾分鐘後，母親帶回耆老的答案：今天是大日子，神會睜一隻眼閉一隻眼的。我不禁質疑起略懂運算的耆老莫非是感知了我隔年將有巨大災厄，否則怎會任我破了這重大的禁忌？先出右腳越了門檻，再來左腳，入了廟宇，步伐跟心情漸趨輕盈，我花了一些時間釐清內心的翻騰，神祇的應許固然動人，但眞正輕撫我心房的橋段是，在廟宇——這個人們祈求幸福的場所前，我沒有被捨棄。我未來一年的至福，並未被輕看。

也不是沒有可愛的故事。

曾跟著一行友人去看電影，其中有我當時暗戀的對象，行到一半我身體僵直如化爲鹽柱的羅得之妻。我的經血又未經允許而貿然造訪了，抵達廁所時已來不及，豔紅的花瓣層層綻放於底褲上，朋友趕緊爲我借來衛生棉，也允借我她的外套繫於腰上。數分鐘後，我滿腹委屈地坐在大銀幕前，燈光暗下，彈回的光影在臉上跳躍，心儀的男孩找我說話，這理應是個怦然的場景，我卻故作一副厭惡的模樣，我深懼他問起我爲什麼要繫著外套，我害怕他看出來我是個不善於處理自己經血的，失格的女子。我對於自己的反應失望透頂，爲了讓自己情緒上好過一些，我轉而說服自己，那男孩實在不怎麼樣，有什麼好愛的呢。

多年後，我才從共同友人口中得知，男孩早已看出我的處境，他有個姊姊，兩人感情奇好，無話不談。坐在大銀幕前的夜晚，男孩找我說話，旨在安撫，想告訴我，沒事的，這很常發生。我的反應讓人退卻。聞言，我微微惘然，心想，若那時即通曉了他的心意，我一定會花上很多年去愛他的。

習得復忘掉

很多人問過，爲什麼關於女性的文字，不問新舊，老反覆出現三個字：愛自己。難道女人眞的如此不經事，連最基礎的自己都愛不好嗎？是的。實情是，相較於愛，我們對於這身分，更常練習的情緒是厭惡。去問每一個女生，妳有多討厭自己，她們會交給妳一整首長恨歌。女人們都很清楚自己五官外貌個性的瑕疵。那是她們一路走來，旁人怕她們「搞不清楚狀況」，好意提醒她的成果。女人們得在很久以後，才能站在鏡子面前而不急著遮掩；不在四下無人時，祈禱換成另一張臉、另一副更窈窕的身軀；不再歆羨別的女人那看似更圓滿的婚家。愛自己，若聽來太深又太淺，不如抽換成另一套說詞，不應有恨。

世人常誤解一件事：僅僅男性特別喜歡折抑女性。絕非如此，打自很小的年紀，我時時見聞，那些坐成一圓桌的女人，如何將一位不在場的女性給說得低進塵埃裡。幾乎每個女生都接受了一套完整且順序儼然的厭女練習。那些教條如同空氣一般，隨著我們的呼吸而深刻地繞行於我們體內，如雙股螺旋般反覆纏捲。女孩們是如此嫻熟於裁切自己，好兌取社會的認同，把自己修得亂七八糟還不夠，也把別的女孩給剪得淚流滿面。

多年前，跟朋友出遊，夜時齊聚一房。眞心話大冒險，說出你的夢魘，輸家猶疑幾秒，輕輕張嘴，青春期，她不過是歪斜倒坐沙發上，母親走進客廳，見狀，問她，妳腿這麼開，是想要男人了嗎？朋友續道，很多年了，她抱著這句話在度日子，到了任何場所，坐下第一件事：留心自己雙腿是否足夠併攏。說到一半，朋友哭了，這果然是她的夢魘，禁不起複習，也受不得回憶。她覺得這句話眞惡毒，比什麼都猥褻。母親會這樣子說她的哥哥嗎？絕對不會。朋

友的淚水一顆接一顆滾落，頃刻間所有人也憂愁了，說好不玩了，睡覺吧。

眞實生活裡，很多遊戲由不得妳。討厭比自己胖的女生，更討厭比自己瘦的女生。棄煩比自己保守的女生，更棄煩比自己解放的女生。怪醜女，更怪比自己漂亮的。鄙視始終單身的人，更鄙視交了一串男朋友的人。男人的出場是理所當然，女人的受邀得感謝好運氣。男孩洶湧的情感表達是果敢，女孩的大笑與淚是神經兮兮。男人的心機是運籌帷幄，女人的運籌帷幄都是心機好重。

我承認，以上思維我都信過。羨慕比我纖細的女朋友們，看著她們裙襬翻動時，露出鉛筆一樣修長的腿而如有芒刺扎心；我也曾對於那些我見猶憐的臉譜，升起過不道德的情緒，希望整成那樣的臉，若不能，就賤斥她們，挑剔她們眼距過寬，鼻梁太歪，笑起來滿嘴牙亂。或者說她抽菸吧，說她整形如何，她是不是昨夜挽著這個人的手臂出席，明天清晨轉身又入了誰的房間溫存。我們都參與這樣一個遊戲，找出壞女孩，秘密地，充滿純淨惡意地，大風吹，吹什麼？吹那些會故意穿很短的裙子露出一截皎白大腿的人。吹那些塗著豔色口紅的人。吹那些會用寂寞的聲音跟寂寞的男人談心的人。更吹那些隨隨便便把男人圈成一桌乾哥哥的人。我們熱中於找出生活圈裡的婊子，好證實自己不是，以爲這樣的輸誠可以得到愛吧，偶爾或許有，但多數時候我們一無所獲。社會將女人分而治之。久而久之我們也誤信，如果自己跟其他女孩同時落於深水，欲想多吸一口氣，就得先把對方給壓進池水，好憑藉其低而亭亭挺舉，換來幾平方公分的新鮮空氣。沒有她的沉淪，何來妳的青蓮。沒有她的不安於室，哪來妳的宜室宜家。

我是從什麼時候開始登出這遊戲的呢？

年紀有之。歷練有之。疲倦有之。是的，著實累且痛苦。當我置身風吹獵獵，目睹那些被點選的女孩狼狽地奔亡，只爲了找到一張椅子坐下，我並不因自己有立身之處而心存僥倖，相反地，唇亡齒寒的傷楚幽幽地滲進我的心房，我猜得到，椅子遲早會少一張的，屆時人們將編想一個理由，再目睹我狼狽地奔亡。遲早有一天，風把我吹至無處可去。我曾見識過，有些女孩何患無辭地被指成悖德者，只因她們愛上誰，或因她們並沒有愛上誰。我失去了對遊戲的忠誠，亦步亦趨地漂流至場外。高三那年，歷史老師將易卜生《玩偶之家》的情節講解得好仔細，娜拉明白自己之所以被愛並不是因爲她是娜拉，而是因爲她都聽丈夫的話，娜拉不肯再做個服膺父親丈夫的玩偶，於是出走，「我再也不認爲大部分人說的或書上寫的是對的了，我得自己思考然後去瞭解。」娜拉是我們的貞德。

不過，最眞切的理由是，我也想去愛吧，物傷其類地去愛。找出壞女孩的遊戲，讓我們在女性朋友的面前，既親密卻也像是個和藹可親的警總。我受夠了這種彼此監視、和藹提醒如何成爲更賢德的女人的摩擦，時常把我的心摩滾出血沫。朋友的母親無法心無旁鶩地愛她，見到女兒大腿敞開，即感應到自己有把女兒矯正成好女孩的責任。我也時時因著自己無法眞心誠意地愛著每一位經過我生命的女孩而感到迷惘、困惑。我明明記得在遊戲開始以前，我還年幼而她們亦復如是，那時我們並不在乎彼此的身體是否夠乖巧或足夠引起男人的欲望，我們膩在一塊時只想著，我想跟妳好。我眞的很想今天明天後天都見到妳。

鉑鈦男孩

我十分相信，我們付出情感的對象，將深遠地影響到我們對於整個世界的衡量與判準，像是如今被儲藏在法國巴黎近郊的鉑鈦公斤原器，此後不管我們再遇見誰，心底都默默有數。許多人的心中，藏有這麼一枚鉑鈦公斤原器，我們以此為準，衡量朝我們迎面走來的人。相遇之後，我們感情上的眷戀都有了準據，徹底喪失了啓蒙前，不知輕重地愛著誰的權利。

我在很年輕時（年輕得我不會使用年輕這兩個字來形容我的年紀），遇見了我的鉑鈦。他是一位同學。五官外貌，沒很上心。我只注意到，他的眼珠顏色好淺，當他把眼神往我的臉蛋放時，我時常覺得又是興奮，又是難過，彷彿自己並不怎麼夠格可以成為那被他注視的對象。說來有趣，之後入我心水的容顏，都有一對淺色系眼珠。

為了與他親近，我模仿。他跑去網咖打電動，我跟過去。他放學後偶爾會逗留在校內，與朋友打球，我就為了他留下。為此我撒了好多謊，告訴父母，我跟朋友在學校複習功課。我要準備演講比賽。朋友約我去她家製作海報。我是個安於說謊的人，早熟地掌握到說謊而不被人識破的訣竅：你要先說服自己相信。一旦熟悉此理，欺騙眾生也只是時間的問題。我那時很堅信，只要能親近我暗戀的鉑鈦男孩，所有的謊都不是謊，而是願，撒謊不過是另一種格式的許願。

我跟他借外套，每一次他都答應我。我不曉得他是否明白，我並不是真的冷，我只是需要一個理由，讓他成為給予的人，讓我成為掌心向上的人。人還

在教室內，不能做出太招搖的舉止，我只能假裝自己冷，把臉埋在他的外套內，氣味，溫度。我這麼做了好幾次以後才想到，兩個人穿同一件衣服，這背後的意念，可以非常無恥。但十四歲的我眼中，要一顆羞恥心有什麼用，我要的是被愛。

有時他想到什麼似的，承諾陪我走回家。那段路並不長，但我盡力地曲折蜿蜒，在便利商店買支冰棒，看看鄰近的書店又上架了誰的漫畫。有時山窮水盡，只好耍賴，要他坐在已經打烊的早餐店的階梯上，陪我說話。我們的話題是控制得絕對精準的表面張力，飽滿又不至於溢出，沒有一滴水沿著邊緣墜落。我既是欽佩自己，又感到無比糾結。我那時對於愛，認識得很少，我看不出來，倘若有個人願意陪你把一條三百公尺的路走成三公里，那他對於你，多半是中意的。

我以為一切多是我的一廂情願。

我們在等待，等待對方成為那個「說點什麼的人」，只要一聲呼喚，我們將放下所有的掙扎。但我們只是被動地待在原地。曾有人交付我一盆蓮花，花季很短，一下子萎謝了，我日日更替新水，看著那一汪泥液，浮想翩飛。我去問送花者，怎麼判斷蓮花現在養得好不好？我屢屢有衝動想把她給挖捧起來，看一看。對方答，妳想像她就是睡了，睡得很深，明年花季才會醒過來。我繼續持小瓢舀水，發呆似地想，也許這蓮花早已根爛於盆底，也可能她是歲月靜好地睡著。小時候有個遊戲，今人已不興了，「荷花荷花幾月開花？一月開不開——」。我跟鉑鈜也在數著月份，偶爾他會貌似心不在焉地說，喂，妳有喜歡的男生的話，要跟我說哦。我逐日變得膽怯與自卑，又想佯裝瀟灑，於是說，嘿，你喜歡誰，我也可以幫你哦。

有一個剎那，我認爲他喜歡我。

那回，他陪我回家，我們又坐在打烊的早餐店的階梯上，對著小巷。那時是冬季，小雨乍停，空氣濕且涼，我正好很喜歡這樣，影子比光更清晰。那時我們的家庭都有些風波，兩人有一搭沒一搭地訴苦，過程中也展現了青少年企圖點評人生的中二性格。驀然他打了一個呵欠，眼皮鬆成雙眼皮。我注意到時間，很晚了，晚到得編造一個很正當的故事，才有辦法圓了彼此的晚歸。不知怎麼地，我認定自己有責任收拾這殘局。我告訴他，今天的對話，對我來說很重要，我很需要這一切。鉑鉉男孩瞧了我一眼，有些猶豫，也像是個長者，搖頭說，沒關係，可以再講下去。我忘記自己又賴皮了多久，回家後又讓母親多麼生氣，我獨獨只記得他臉上那無可奈何的寬諒，他可能看穿了我捨不得走，而他捨不得讓我難過。

然而，莫名其妙地，某一天起，他再也不跟我說話了。我找他，他不肯走出教室。寫了信託人轉達，又給原封不動地退了回來。我清楚自己在別人眼中是個笑柄，只得當場把信給撕碎。我警惕自己，再也不要依賴自己的感受。誰叫我對於愛，認識得太少了。成年以後，我在感情裡，反覆跌跤。鉑鈜男孩無緣無故的疏離，在我的心上鑄出一道傷口，時時隱約陣痛，那痛提醒了我：妳所在意的人，將會以任何形式離妳遠去。有人送給我一個說法，試圖為我療傷：也許在那年暑假，鉑鈜男孩遇見了別人。我也服從了這個說法，想他永遠幸福，想自己就此告別這個事件，再也不必在記憶的小長廊裡搭建舞台，深夜孤獨地排練，假設我更換措辭、表情、對白，是否能有齣戲的結局是，他待了久一些。

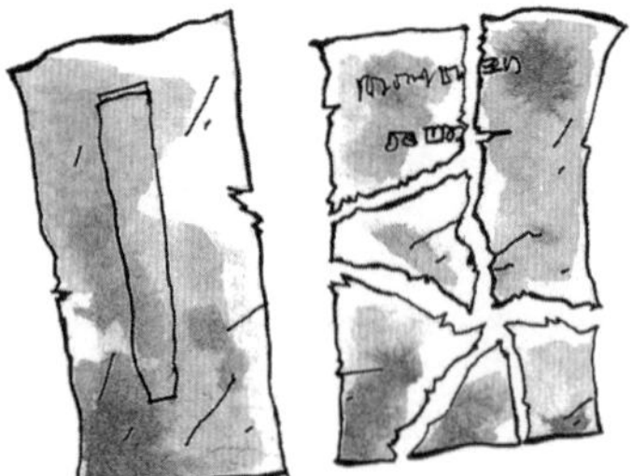

日後我竟又遇見了他。當然不是巧遇，開展於社群

媒體，別有用意的漫不經心。近來可好？好久不見。你現在還住在台中嗎？什麼，原來你搬家了啊。我們搭上了線，相談甚歡，如同多年未見的老友。我偶爾跟他傾吐自己與男友的爭執細節，也想表明：我對他別無所求，只想當朋友。他則告訴我，他暗戀一個女孩，一個他夢寐以求的女孩。聞言，我並未如預期中的難受，仔細想想，我若往旁邊一撈，也是有隻手會伸過來給我牽；若意欲擁抱，也有誰願意把臂彎借我。我祝福他暗戀得著成全。

遺憾不再，心一下子很寬，彷彿在胸臆之間塞進一片海洋，可以放養鯨豚，也納得下一枚月亮。過一陣子，他說，那個女孩點頭了，那個他夢寐以求的女孩。我也哥兒們似的說那個女生眞的好漂亮，你們好登對。好像回到初初年少，經過走廊見雲朵飄過，沒什麼失落也沒什麼哀愁。事情都有其歸處，水氣凝結成雲，而雲從風，我要怪誰呢？

他慎重地道謝，形容女孩的答應令他多麼驚喜。

鉑鈦男孩與我，一年差不多只搭一次話。我習慣挑選最乾淨安全的話題作爲開場白。像是，在街上遇見了當年喜歡一身名牌到校炫耀的富家子，或男生們公認最美的同學成婚生子了。鉑鈦男孩每每認眞地回應。過程中，我換了一個人來愛，學習另一套系統，另一種相處模式。偏偏出了社會後的感情尤其複雜，有時交換的不僅是愛，也有彼此對未來的規畫。偶爾，我忍不住憶及我那些年月對他的付出，不求甚解也不求回報，從來沒想得太遠，其實是也沒有能力想得太長久。

一回深夜閒談，話題依然從陳年舊事開始，在被反覆榨取的渣滓中竭力再淘尋出閃閃發光的顆粒，好讓對話持續。壁上時鐘的指針斜倒，明明沒碰酒精，可能是太累，神智遊走，有了微醺的氣場。我們的字句沿著洋蔥外層深褐色的皮，一圈一圈地撕，直到我們走到最幼嫩也是味覺最嗆辣處的核心，我八成是茫了，蠻橫地問，嘿，那年的暑假，是發生了什麼事情呢？怎麼你一下子就、就徹底地疏遠我了，我做了什麼讓你生氣？你忽然快速倒退，退至我再也跟你說不上話的距離。

話一出口，我即清醒大半，像失手打翻了什麼，水液無止境地擴散。

通訊軟體的「保存性」實在逼人。若是面對面，語句完成的當下，八方逸散，我得以歸咎風太大，弄擰了我的意思；可以歸咎外頭宣傳車聲響，導致對方誤聽。在通訊軟體面前，上述招數都不管用。羞怯與難堪如一條攜藏著大量泥沙的大河，刷進我的腦海。我正要告訴他，這個問題錯了，即使背後的情感真得要命，這問題還是錯了。

螢幕閃出鉑鈦男孩的訊息：如果討厭妳，或對妳生氣，怎麼會爲了跟妳講電話講到半夜，而一再挨罵呢？

就這樣，那年死命忍住的眼淚，輕輕滾落。

我在學習寫作的前階段，主角的動作很僵硬。作家鄭君要我去記錄小說中最能展現主角欲望的一幕。我趕緊撈起手邊讀了一半的小說，有一幕是：主角爲了讓演員丈夫得到知名製作人的青睞，千方百計地讓自己受邀出席一個名流晚宴。麗人如織，衣香鬢影，主角站在那，雙手交握，一句話說不出來，只能不斷地微笑。我對鄭君提出我的見解：主角會去從事常人所不會做的事情，正因爲這樣，他們成爲了主角。鄭君搖頭，說這樣子理解太淺了。他進一步闡釋，妳想想，主角這麼努力，擠進一個根本不屬於她的場合，拚命笑得像個甜姐兒，說不準最終那位製作人沒看見她，或者更慘，認爲使勁微笑的主角很煩。但，主角爲什麼情願試上一試？爲什麼？因爲去、他、的你就是在意。在意到你忽略了一般人不太會忽略到的關鍵：你這樣大費周章，成功的機率並不高。妳懂嗎，這就是她是主角而其他人不是主角的原因，她的欲望多麼深刻。

鄭君這席話談的是主角的成形，無意間也渲染至我對於男孩的感情：那麼多年過去，我還是在這個時空的邊緣打轉，不時抬頭踮腳，期盼看得更仔細。我還是在意。在那個熱到汗水不停地流入眼睛，帶來要命酸癢的夏天，我是否錯讀了什麼？辜負了什麼信號？爲什麼那樣親近的人，只陪我聽了一季的蟬鳴。

他說了下去。妳知道，那年，一次午休，妳的班導把我叫去嗎？他的回應，令我的大腦一時短路，我以爲有一百個比導師更可能出場的角色。我的班導跟你說了什麼？我問。幾分鐘後，我以爲他睡著了，螢幕又跳出他的回應：妳的班導請我不要害妳。妳是能考上第一志願的人。

不要害妳，這四個字，確實是那位珍愛我的老師會講出口的話。爲了他，我不僅荒廢課業，還拉著一群資優生朋友的手，拜託他們放下課本，陪我去網咖。我以爲自己瞞天過海，殊不知其中出了告密者。我又想起來，他跟我劃清界線，我悲傷得去找班導輸誠，誓言從此會認眞讀書。倒是沒留心觀察，班導是否露出一絲凜然的微笑。

他又說話了。他應該也認定這個時刻，千載難逢，稍縱即逝。我們都足夠懂事，看得出人終其一生，遇不著幾個把心結給解開的時機。我們比較擅長什麼也不做，心底兀自曲折。

他坦承，那四個字挺有效果的，「不要害人」，畢竟是我們從小到大都領教過的規則。我一邊聽，一邊不由得沉思，不過班導的短短數語，再見面已是陌生人。到底是愛的實踐？還是愛的匱乏？總之，我有答案了。得著答案的人，不一定更快樂，但被蒙在鼓裡的人，絕對是煎熬的。我謝了他，心中有著天清氣朗的定靜。

我祝他跟心愛之人相互依持，他也這般待我。

把種種情事告知摯友小七。小七發出喟嘆，如果當時沒有班導阻撓，妳眼中只惦記他，不碰書，不準備考試，熬夜抱著電話，天亮再到學校補眠，現在喏，人不曉得在哪兒。小七的感言，逼得我啞聲許久。我眼前親暱交心的友人們，多熟識於高中和大學，汲汲營營於課業，某程度上褪了我們的感官，同時也回贈了幾許偏袒與特權。該怎麼說呢，小七太狠了，她在暗示，若我恨起班導，小心被笑得了便宜還賣乖。我笑了，我也只能笑。我該感激那位導師的洞燭機先嗎？她細手挪移我人生的輕重明暗，進行修圖之術，如此老道成熟。難不成，她也是以一種包藏了惡意與促狹的智慧，深信，有天我會感謝她，感謝她辨識出，我是如此適於這個學歷至上的社會？往事斑駁，不堪推敲與追問。好險「如果」最珍貴的價値，在於其永遠無法存在。有一回受訪，對方提問，「如果你……」我以接近無禮的急促截斷了這問題，說，不，我不接受這問題，因爲沒有人見過「如果」，你沒有，我沒有，既然如此，何苦，何必。

但沒有人的夢裡，我允許自己，想像，兩人坐在打烊的早餐店的階梯上，把當年沒有談完的話給撿起來，如拾起一枚恰到好處的楓葉。

那些壞情話

諾貝爾文學獎得主艾莉絲．孟若曾說到自己書寫的緣起，可能來自小時候讀安徒生童話《小美人魚》的經驗，她覺得太悲傷了，「我認爲小美人魚的犧牲與痛苦應該得到好一點的結局，於是動手改寫故事」。至於我迷戀好長一段時光的 Jenna Marbles，也曾在自製影片《What Disney Movies Taught Me》（迪士尼電影是這樣教我的）中，暢談她對於迪士尼「公主系列」的不滿，她質疑，爲什麼所有公主的存在都是爲了要「墜入愛情」，小美人魚難道沒有其他値得思考的煩惱嗎？好比說，她的人生意義？除此之外，Jenna Marbles 也提出她的困惑：這些故事試圖傳遞的觀念是什麼？人應爲了愛情，不惜反抗父母，還得把自己最珍貴的事物出售予女巫？再來談女巫的詛咒：若王子與妳沒有結果，妳將化爲海裡的泡沫。一個生命的存續，得交由「是否有人愛她」來決定？這樣的教育不會出事嗎？

奇幻的是，從前我一度覺得《小美人魚》淒美動人，非常喜歡。更退一步來說，跟我後續的讀物相較，小美人魚的淒淒慘慘戚戚不過是小菜一碟。多年回首，對於自己小小年紀，跟身邊的同儕竟一起墮落、走鐘（tsáu-tsing）到這般田地，不得不咧嘴傻笑，頗有同學少年都微賤的莞爾。

我一直很羨慕男人之間性資訊的豐沛流動。他們恥笑看片子的人，也恥笑不看片子的人。求學某階段，班上一位男同學，李生，人緣好得不可思議。李生學業不很理想，在升學班敬陪末座，卻沒人指點過一句話。我以爲李生帶給人類的啓示是：幽默很重要。一次段考結束，我被重新指配到灑掃校長室後方的僻靜區域，第一天，我提著掃帚水桶，拖著腳步，往目的地行去，不料目擊了李生的地下交易。他把哥哥私藏的片子壓成一片片光碟，幹起盜版租賃的營生。五元能借一天，隔日要還，遲了得再扣錢，特定女優的貴一些。跟李生租片的人排成一小縱隊，神情自若，跟在校門口對面要一杯紅茶冰沒什麼兩樣。有人拉著臉跟李生拗優惠，問長租可否算便宜一些，李生正氣凜然地宣布，不二價，也不容許要求特殊待遇。排隊的人，赫然可見班上成績的領頭羊，連外表都跟《小叮噹》裡面的王聰明異常神似的某生。見到王聰明也老實地排隊，我無端生起氣來。那個學期，我有三分之一的時間都坐在王聰明的前面，很多人或許已經意會到我的意思，沒錯，王聰明負責改我的考卷。我那時對於入學考試並不上心，我媽的說法比較傳神：七月半鴨不知死活。回到家也有氣無力地翻著講義，賊賊地注視父母的動作，想逮著他們出門的瞬間，再火速溜到電腦桌前。個人的不知上進，很容易連累負責改考卷的人（老師們應很認同此語），王聰明起初還會在旁註記正確答案，日久，他倒是大筆流星地一痕一痕撇上。王聰明還訕笑，妳何必來升學班。我頂回去，你管好自己的事吧。李生

在學業上比我更渾噩，王聰明在他面前卻謙虛禮遇，只差沒說出如今論壇上的行話，「感謝大大無私分享，樓主好人一世平安」。哎，在色情光碟的面前，人很難不變得寬容，且諳於看見別人的優點，好比說：李生擁有一位買得起光碟的哥哥。多棒的優點。

相較之下，女生要談論性，很難經營得像是李生那般嶔崎磊落。我尤其記得，自己的摯友曾排除眾人，一副「養兵千日，用在一時」的神情瞅著我。她要我誠實回答她一個問題。幾秒後，她痛苦地吐出問句，妳會看言情小說嗎，色色的那種？我被她的正經驚著了，本想否認，偏偏她口吻中的自我折磨絆倒了我，我只得聲如蚊蚋地回答，會……啊……。聞聲，摯友如釋重負地捂著胸口，她顯然有備而來，跟我交換彼此的書單，確認「品味」一致後，進展到下一個階段，說明她的計畫：租一本言情小說八元，我們對分，如此一來，雙方都能擴大閱讀基礎，平等互惠，同時互負保密義務，絕不能告知第三方，我們在看如此不入流的小黃書。

我是到了很晚很晚才得知，很多女孩跟我們一樣，性教育的啓蒙是言情小說。那時書籍分級制度並不完善，處處是無法之境，我們的性幻想則被滋養得亂七八糟。代價有好有壞。言情小說可粗分純與不純（怎麼像是在討論按摩），後者又可細分爲小火細滾，中火微滾，跟大火翻滾的（更像是在討論按摩）。學校裡師長們絕口不提的性交畫面，在滾書裡竟有大書特書的待遇，動輒上萬字的篇幅，用字或典雅或唯美，或鮮嗆或辛烈。時常把我們逗得，閱讀時得一邊吞嚥口水，一邊夾緊雙腿，感受竄過全身的微妙電流。一位男性友人跟我招認，自己曾翻過女友借來的言情小說，對於裡頭那樣細細描畫男女之事印象深刻，但他仍靦腆地想糾正，「如驢屌般碩大的陽具」並不多有。

不過，夜路走多了總是要撞見鬼的。

那年代的言情小說作家，不曉得是否出自於同一家養成學院，特別風行寫一種事後被歸納爲「虐戀情深」的類型。若以小美人魚爲單位，裡頭女主角的際遇，依其「哀小」程度，可能有「三至十個小美人魚的慘」。故事套路通常是這樣的：女主角或家道中落，或父母賒債於人，不得不進入男主角巍峨堂皇的家屋，成了賤賣勞動力的奴婢，或爲小妾，僥倖一點則爲正妻。男主角有極高的機率是跨國企業的總裁，大公司股東，阿哥，堡主，莊園主人，間諜，殺手，一系列不會出現在「我的志願」作文紙上，但看起來似乎好棒棒的職業。男主角大抵含著鑽石湯匙出生，女主角則以路邊攤的塑膠湯匙打發了事。兩人勢必要有鼻屎般的誤會，好讓男主角的鳥肚雞腸製造出汪洋般的恨意。緊接著，男主角會對女主角做出一連串的卑劣形跡。虐書的重點在於虐身的同時更擊潰女主角精神，違反意願的性行爲（俗稱強暴），間或有皮繩愉虐、窒息式性愛，我甚至還讀過在馬背上，就著大漠孤煙行房的場景。這些厤烈的場景提高了我的「耐虐性」，多年下來，我已能萬物靜觀皆自得地翻閱《格雷的五十道陰影》，心中不興一絲漣漪。這還沒完，完事後，男主角勢必得邪佞又冷肅地對著一度忘情投入的女主角大罵殘花敗柳，女主角只能沉默，懊惱自己的真情流露。如此反覆，女主角會出現各式身心症，疲憊，絕望，自厭，重者則有尋死的念頭。此際，字數到了差不多能兌現成稿酬的水位，男主角會倏地大徹大悟，宛如被蛇咬到，等待血清快遞送來，腦海飛過人生走馬燈，發現自己實在太渣太中二。再來，萬用三字訣「我愛你」出場，一聽到這三個字，女主角便能輕易釋懷往事傷情，原諒常人所不能原諒。弔詭的是，我跟我的同好們，時常是抽衛生紙，揩抹鼻涕眼淚，歡慶兩人破鏡重圓。

女主角沒被蛇咬到，情毒深入膏肓，我們連女主角都不是，倒也一起毒發。不知是有事還是有病。

待我們都添了些年歲，言情小說的場景發生在一位朋友的身上。那雙手，把她掄去撞牆，幾日後又端上禮物鮮花。朋友說，得到禮物時她經驗到愛，可是她也很不解，小說中一旦男主角湧現悔意，暴力就結束了，爲什麼她的人生不是這樣子演的。鮮花之後，她的眼鏡被擲至牆上，墜地時鏡片大裂，沒多久她又收到了一副新的眼鏡，比舊的那副還名貴。我們才恍然大悟，我們對於那些暴虐的情節，起過的憧憬是眞的，但也非常地殘缺。我們都太膚淺，以爲一個人只要最後得著了愛，就能將功贖罪地抹消掉她之前所經受的不義，殊不知，那樣子換來的愛，比不愛還危險。尤其是見到別人不必走過深淵，也能相知相守時，很難沒有怨。我猜小美人魚在見到自己的情敵，不必經營一場步步驚心的交易，便能理所當然地開口說話，又以天生的雙足遊走漫步，心底應該很恨。

人之所以到了一定的年紀以後不信童話，很可能不是因爲認識了現實，而是出自於截然背反的原因：我們認識了童話，比現實更殘忍，而我們曾掉以輕心，以爲其無邪。

我果眞就不再看那種言情小說了嗎？偶一爲之，如今回頭去懷舊那些情節，很難不對於自己當年的心悅誠服，辨識到某種年少頽唐、缺乏病識感的特徵。即使如此，我還是感激這些壞情話的翩然出現，從我們這麼不問是非地慷慨接收，在深夜裡搖著手電筒孜孜矻矻，可以推知當時我們對於跟性有關的故事，是多麼，多麼地渴；哪怕是一汪壞水，我們也肝膽相照，一仰而盡。

正果與它們的產地

一九九四年，《紐約客》做了一項民調：生下一位功成名就、有交心伴侶及子嗣的同性戀；抑或生下一位未婚，或婚姻失敗而沒有子嗣的異性戀？有三分之二的父母選擇了後者。時隔二十餘年，我倒是很想知道，若再執行一場民調：擁有一位註定未婚，卻始終自得其樂的小孩；或是在婚姻中飽受苦痛、糾扯，但終其一生均保持已婚身分的小孩？

人們要做出怎樣的選擇？

睽違十多年，曾以《黑色青春日記》、《中性》等作驚豔文壇的傑佛瑞·

尤金尼德斯，推出了《結婚這場戲》，書中談及一個概念：「在人生成敗繫於婚姻，婚姻的幸福取決於金錢的年代，小說家有書寫的題材。小說與結婚情節一起達到巔峰。一九〇〇年之後，再也沒有結婚情節了。」此言不假，婚姻曾經是小說的靈藥，作家只要覆下這張牌，便能寫意地收掉所有回合。曾幾何時，我們匆然來至一個紀元，婚姻再也不是人生的靈藥，從前是死生契闊，與子成說，今則不然，與子成說之後，死生契闊的大場面才正要波濤上演。

我的大腦內，儲藏著許多畫面與影片。「恐婚」的欄位底下，有一幕是：一滴血，從愛波的雙腳間，啪地一聲砸到地面。那是電影《眞愛旅程》的尾聲。女主角愛波佇立落地窗前，臉上的表情冰冷且迷離。愛波站在一個困難的習題之前：在婚姻裡，一個人應該退得多後面。愛波寫下了答案，而她的答案即將把許多事都拽往毀滅的方向。愛波本來不是這種女孩，毀滅這種嚴肅的命運也不應造訪浪漫的愛波。但愛波嫁給法蘭克，一九〇〇之後，我們開始正視，一生一世、永不分離的美麗與哀愁。

婚前，愛波決定愛上法蘭克的原因無非是：他們都以爲自己很特別。婚後，際遇上的落差，兩人先後認識到，自己沒能活成原先承諾的模樣。法蘭克很快地原諒自己，愛波無法原諒法蘭克對自己的原諒。巴黎，絕望的愛波想起兩人熱戀時的應許之地。只要離開美國，前往巴黎，他們會再度成爲一對新人，婚姻與愛情，也將在花都裡昂然復興。最後巴黎沒去成。愛波崩潰了，她鑽進樹林裡，逗留很晚。翌日，法蘭克要上班時，愛波在廚房裡做早餐。愛波聲調溫柔，耐心傾聽法蘭克分享工作和升遷。法蘭克愉快地結束了早餐，懷抱著一種不切實際的夢幻心情去上班；與此同時，愛波打算爲了巴黎，再果敢一次。至於她的感覺，曾幾何時，已經不再重要了。

《眞愛旅程》深入刻畫門闔上之後的婚姻。爲了百年好合，人如何訓練自己痲木，然後，更勝於藍地，對自己的痲木痲木。很多人錯把婚禮與婚姻解爲相近詞，以爲自己嚮往的是婚姻，實則是婚禮。婚禮是門闔上之前，是光天化日下相互承諾，是愛；婚姻是門闔上之後，是密室裡承諾的總檢討，是恆久忍耐又有恩慈。

電影最割心的一幕，並不是愛波與法蘭克互相以尖刻的言語攻擊對方，而是在經受一連串的辜負與冷漠後，愛波仍有那顆心，笑著給法蘭克做早餐。這是婚姻的日常，非常不日常，此即驚悚之處。

沒有感覺，我常暗自模擬，這到底是多深邃的感覺。

我們太習慣憧憬「我們」了，好像人跟人放在一起，如同把幼貓雛鸚團在一塊，浮想的畫面多是一片美德。實則不然，世事多爲福禍相倚，沒有白吃的午餐。「我們」讓「我」得到了歸屬感，如繩縛，要你安全，也要你手腳不好使。有時，「我們」成就了「我」；有時，「我們」也即將辜負「我」。婚姻，是無數個「我們」的排列組合習題。夫跟夫的家族的我們，妻跟妻的家族的我們，執子之手與子偕老的我們。世人只見到聯袂出席之花好月圓，卻無暇思及，也許有人在出發前偷偷吞了一小顆抗焦慮，才有辦法在快門按下的瞬間，壓抑住乾嘔與奪門而出的欲望，盡責微笑；只看見節慶時的大合照，卻不曾精心想過，一方有缺，才能成全一方團圓。人有悲歡離合，婚姻是人力資源的重新分配。

戀人們宣布要結婚時，「恭喜你們修成正果」，世人如此祝賀，結婚必然是好的，而不結婚必然是壞的。我們不過問兩個人結婚時是否經受了怎樣的深度思考，卻嚴厲地拷問著不結婚的人們，爲什麼不？爲什麼眼光這般高，爲什麼要那麼愛自己？爲什麼不死命嵌進去世俗的框架？

因爲怕眞的死了命啊。

這種摘下正果的壓力，讓人變得口是心非。非得多年後一紙離婚證書，才能讓他們坦承：早在交往的某一年，有些情緒已消逝了。

不想結婚的人們，應値得一次鼓勵，他們對自己誠實，誠實地說，目前並無把握負擔誰的逆境、貧窮、疾病與哀愁。在天災滿布的現世中，他們調節著人禍的比例。而分離的戀人們，也該享有一次修成正果的掌聲。他們也修成了正果。這顆正果，擁有自己的形狀與香氣。

這種經驗，不少人都有過：告別一段戀情的數年後，又想起那晚難堪的道別、牽手時的心不在焉、接吻時的貌合神離及床上的虛僞，心底湧現出一股近似浩劫重生的幸運感。當一對戀人們，說好了要分開，停止傷害，停止勒索，

停止眷戀對彼此的眷戀。收回曾經慷慨交讓的特權，把調好的時差又撕開，決定過起不同的季節。何嘗不是，正果之一種。

正確的結果從來不只結在新娘的那束捧花上，正果也喜歡落在，察覺自己沒辦法再愛的戀人的門前。那種正果熟成時，少了目擊證人，種種的發生是靜啞的，沒有夾道拉響彩砲的親衆，沒有華服，沒有酒汁從堆疊的香檳杯如地毯鋪瀉而下。甚至，發生時你並不知曉已經發生，難過的人，只解得出這是「我」的悲劇，非得晚到數年之後，方後知後覺，這原來是「我們」的大喜。好險我的生命中，曾經讓錯的人錯過。負負得正，正果有時需經沉澱，任時光發酵，嘗的時候有些酸濁，卻對身體很好。

聖母病再見

《家有囍事》我從小到大看了不下十次。一旦在電視台上轉到，就能從切進去的分秒不痛不癢地看下去。這部港片有張國榮、張曼玉、周星馳和吳君如，單把這些人都給兜在一塊，不分派台詞給他們，讓他們閒扯淡，都精彩。劇裡，常家三兄弟跟父母同居於一大宅，長子常滿與妻子程大嫂結縭多年，但程大嫂受家事牽連成黃臉婆，常滿在外有情婦Sheila。小時候看此劇，只顧著笑，稍微識事之後，才瞧仔細背後的世俗傾軋。Sheila成功地擠走了程大嫂，從野花成了家花，常滿反過頭追求程大嫂，不成，再逼問：「那妳起碼告訴我那條法國買的領帶放在哪裡。」程大嫂不作他想地答覆：「在衣櫥的右邊第三個抽屜第四疊第五行第六條。」此一對答很經典，但若細細思量，反有些倒胃：常滿還是個孩子。程大嫂之於他更像是個媽。程大嫂走了，換 Sheila 掃程大嫂原先掃的地，做程大嫂原先打理的飯菜，再來呢？常滿一個動念，覺得如今程大嫂比較可愛了。

聖母的存在，是爲了讓人崇拜或耍賴，不是爲了相愛。很多人錯讀了使用說明書，以爲自己在火車站等久一些，高鐵就會來。

朋友球的父親，對於自己的婚姻與家庭，只取不給，從不冒風險，非得確認這孩子成了氣候，才彷彿割肉地捨個幾千元，多數的薪資，都成就了個人的逍遙。家宴上，爸爸的姊姊，姑姑是也，情深意重地跟球的母親講談人生的道理；姑姑說，我這弟弟就是個大孩子，妳給他時間，他會長大的。球把這句話端來請我翻譯，她很想知道，姑姑的意思到底夠不夠意思。我沉思數秒，回覆球，下回請妳務必點石成金，報告姑姑，童婚，是應該被根除的陋習。

沒長大的孩子，根本不應輕率地往別人的家裡送，若一個不慎送了過去，碰壞別人的寶貝，身爲家人，是否不應失了禮數，好歹道歉，好歹賠個不是。這豈非「公民與道德」中應該打圈的選項嗎？怎能突然搭肩搖臂並高喊我們一起等他長大吧。這曲風不對勁吧。

這些半成人，有時恃著別人的忍讓，有時則是妻子延續著母親的教育，大隊接力似地養出的成品。朋友阿和的父親，入了家門旋即退化（還進化？）成沙發上的礦物，寸步難移。阿和的母親一下忙查看爐火，一下得留心地板是否該吸了，上一次餵魚是什麼時候的事，電視櫃好久沒擇了。十年來無生事，直到阿和的母親被診斷出癌症，父親也嚇壞了，他宛如少爺紆尊降貴，可惜技術拙劣，既掰痛病人筋骨，那不甘不願的臭臉也無益病人養生。阿和忍痛掐出新台票，找來聲譽良好的看護。他那纏綿病榻的母親，猶不忘對丈夫的疼惜，請看護爲其添茶煮食，提心天氣預報，記得在丈夫的床頭備上禦寒衣物。臨終前幾天，阿和的母親感嘆，真不敢想像自己走了，丈夫怎麼辦。母親一逝世，阿和見到連扭轉瓦斯爐、洗衣機如何開啓，都搔頭作星際迷航貌的父親，遲遲領悟到，實在很難辦。

這套戲碼我也不是第一天見識。家族裡一位長輩，就我回憶所及，她一天到晚都在給丈夫收拾爛攤子。她自己的日子都捻成芯絲，別人得到照明和暖意，她的收穫僅存堆疊如惡性腫瘤的蠟屎。一日，不曉得被什麼打到，嚇到，還是壓到，反正，她的聖母病不藥而癒了。她覺得夠了，夠了就是夠了。長輩的詞彙有限，不像我一位姊姊系朋友，走出聖母病時，以一種近似出家人的靜心語氣，徐徐清談，「即使我上輩子強了他又讓他曝屍荒野，這輩子也應已還清」。我無從知悉我的長輩是否已明心見性至這種境界，她是長輩，我不敢細嘴。但見她把爛攤子的主人（a.k.a. 長輩的丈夫），橫拽直拖到戶政事務所，比登記結婚更虔誠地問，你願意嗎？誰知對方落荒而逃，長輩只得一再擒縱，劉備三顧茅廬都沒這麼拚。過招數回，雙方的序大人出聲了，他們說，他心智還沒成熟，妳就不能多體諒擔待，非得搞到家庭破裂嗎。長輩也是別人的晚輩，她不敢細嘴，又回到如人飲水的日子，我們明知那杯水很苦，卻不許她喊痛。

時光飛逝，他們終究離了婚。過了關鍵期仍沒長大的孩子，呑了秤砣只會哭喊痛痛飛走，是鐵不了心要認眞長大的。至於爛攤子主人的母親，則在長輩於協議書上落款時，發出歹毒的咒詛。我們這一方的人倒是半聲不吭，姿態要多低就有多低。時間持續推進，我好不容易把膽子給養肥，問母親，爲什麼在兩個人首度談離婚時，明知她遇人不淑，還反過來期許她永無寧日地忍下去。我以爲我們應雪中送炭？母親的眉眼垂了下去，沉默良久。總是這樣子的，若她知曉我的話不無道理，但在我之外的世界有另一種人際運作的路徑，她就是這樣無話可說。彷彿在等待，有日我追上來，追上她，從她所佇立之處，再評斷這幅風景。或許我能以全新的角度視物，我能接受有些場合低頭比抬頭挺胸簡單。

我又長了些人事，認識一些人，讀了幾許文字，我繞進那秩序的最外圍，開始辨識到，對某個時代的人而言，女子，尤其是身爲母親的女子，是不得主動求去的，她必須根縛於家，直至所有人都說明了不再需要她，才能熄燈離場。沒有人會給一位母親說情的理由是，她還沒長大。我們都太相信，一個女子，若曾打開身體，任生命經過，從此萬事都能懂得，衆苦都能吞受。

在網路上，見有時人分享改善夫妻關係的神奇秘訣，其中有一理論爲男人的心裡永遠住著一個長不大的小男孩，實踐目標爲「把丈夫視爲大兒子來疼」，每逢此思維，我內心那長不大的小女孩就很想把宣揚這種偏方的人倒著吊起來十分鐘，看血液回流入腦是否能清醒些。寵跟寵壞，一字之差就是雲和泥，那界線隱隱細細，一逾越就成千古恨，再回首已是百年身。

珍惜生命，具體的方案之一便是汝不可寵壞他人。不要硬生生剝奪別人實際感受生命的可能性，不要代人受過，更不能替人頂受生命的細小磋磨，莫讓一個人本來能輕緩向終章熟成，卻被你永恆封存於青澀的扉頁。青春的神聖性鑲嵌於，總有一天我們不能夠再這麼任性，是的，總有一天，何妨把青春的神聖性還諸於他們，把青春留捨於己。

叛逆期

學英文時，認識到 smother 這個字，窒息。起初相當玩味，這個字跟 mother 僅是相似，窒息跟母親，怎麼會這麼像呢？兩者的意思是如此地迢遠。然而，隨著事理沉澱，我逐日察覺了這兩個字之間的隱隱牽連。母親時常得不到足夠的呼吸。她們想鬆懈、喘口氣時，旁人的言詞與指揮立刻追上來，說服母親們拉著孩子再走上一段路。有時不是身邊的他者，是眼前的孩子讓母親感到窒息。他們一下要得太多，一下什麼都不要。母親疲於判斷，靈魂與肉身都累壞了。

孩童的第一次叛逆期好發於兩三歲時，體現於一連串的拒絕之上，不要、不要，不要洗手手，不要喝水，不要回家，不要去上學。若搜尋相關資訊，會懂得這是孩子們從嬰兒轉變爲兒童的重要階段，他們既有內在的成長壓力，也試圖探索別人與自身的分際。此刻的孩童，很容易讓照顧者感受到，他快要窒息了。這個人往往是母親。

第二次的叛逆期，發作時間不一，我的叛逆期發生在高中，像是東京的櫻花，比九州的遲，又比北海道來得早。我也不很明白那個時期我在迴劃著什麼心眼。很想什麼都來一點。什麼人都去搭訕，什麼樣的情節都去觸發。反覆在界線的邊緣徘徊，忽而踩進去，忽而跳出來。我極想體驗越界之後的視野，是否從此不羈？又怕離原點太遠，找不到回來的路。

世上的約束，大抵都可以用安全帶的道理來解釋，繫上，被拘於一地，得到篤實的依賴感；卸下，則輕盈又愉快。我卸下安全帶的時間與日俱增，我遲歸又不給藉口，我在房間裡壓低著聲音說好幾個小時的電話。每遇母親搭問，我總是顧左右而言他，不重要，不想說，之後再提。母親沒逼我，她在等待，或者忍耐，我不知道，我只知道無論是等待，或者忍耐，都是母親們精熟的技能。訓練一個人，聽得懂人話，以及他後續裝作聽不懂你的人話，需要三分等待，七分忍耐。

我很清楚自己曾讓母親幾乎窒息。至少兩次。

我永遠記得，一晚，隔天要考三角函數。我背著沉沉的書包，跟一同回家的同學萱揮手告別，旋即轉身，邁向離家不到五十公尺的麥當勞。在圓桌上擺了一杯可樂，攤平紙頁，爲了達成小考及格的目標，埋頭苦算起來。我當然想過，於情於理都該掛個電話給母親，讓她知悉，我今日得晚點回家，偏偏另一個念頭攀上心頭，我偏不要，也許我有點想看她傷心的模樣吧。這是很幼稚的心態，想透過一連串的無理取鬧來得到確信：母親愛我。我偏深受這主意的吸引，專心運算。十點半前後，麥當勞打烊，我正好拆掉了最後一題，心滿意足地踏上回家的路。打開家門，弟已睡下，母親扁著嘴，電視螢幕亮著，她從下巴到耳朵的線條都繃得緊緊的。她轉頭看我，僅僅一眼，說，妳回來了。下一秒，她起身，走進主臥室。我有些意外，自己竟被輕輕放過，這好運有些沉重。即使如此，我還是沒有表現出在乎的模樣，青春期的我們，簡直把尊嚴視爲一種遠超過尊嚴的存在。我悶不吭聲地滑入我的房間，放下書包與手提包，洗了個熱水澡，睡了個好覺。

第二天，小考結束，正課之前，萱問了，妳昨天是不是沒有直接回家？宛如一根針墜落，直直戳中我心上最尖最脆弱的那個端點，我一愣，反問萱，妳怎麼知道？萱保守地打量著我的表情，生硬地坦承：妳媽媽昨天九點來按我家門鈴，她問我知不知道妳去哪了。萱節制著她的語氣，讓整場對話興師問罪的本質降到最低。我欺騙萱，我有跟我媽說我要去麥當勞，準備三角函數，是我媽忘了。萱結巴了半晌，最末，萱以一種被含得扁扁的語氣勸道：下一次，還是，打個電話跟媽媽說一聲吧，妳媽媽看起來很擔心。鐘響了，我跟萱轉進教室。她比談話前輕盈了些，我則反之。

我們家沒有明確的家規。規矩往往是以故事、寓言、一個情境，巧妙地鑲嵌在我跟母親的日常對話。好比說，小時候我驚人地健忘，時常把我心愛的小物忘卻身後，搞得那場所的經理或服務生急忙地追趕出來，氣喘吁吁地把東西送上；至於聯絡簿上，一到五，都有老師的紅筆註記，貴子弟今日又忘了帶齊用具，可能是圓規、調色盤、某種規格質地的紙，諸如此類。老師後來學聰明了，設計了一個章，她只需在我遺忘的品項上打勾。我不能擔保自己是這枚印章的繆思，健忘的學生太多了，但我估計個人至少貢獻了三成。我母親很受不了閱讀我的聯絡簿，好像拐著彎在數落她當媽的不是。她把我喚至跟前，說，未來有一天，妳長大了，妳把提款卡遺忘在銀行的櫃檯。妳怎麼辦？母親的訓話也是她的說故事時間，一句「妳怎麼那麼健忘」的咆哮滿足不了她。她要求我，必須在腦海內塞進一座銀行、一列櫃檯，以及由於我放了提款卡而苦惱著該大喊，還是該追出來的的櫃檯人員。我懷疑我的寫作養成，挨罵的時光也至少貢獻了三成。

另一則訓話素材，姑且稱之為「誠實為上策」。承襲前例，母親再度為我創造了一個情境，十分逼眞，我認為應是她從新聞取材的產物。描述一群小孩瞞著大人，前往一個險境遊玩，可能是湍急的河川，廢棄的建物，或老舊失修的電梯等等。不料，出事了，救護車出動，要去搭救那些孩子們，周圍逐漸聚起一群看好戲的群衆。故事收在這。母親瞪著我（我屢屢聽得太入戲，以至於母親準備罵人時，臉上還掛著憨笑），宣告訓話正式揭開序幕：若妳沒有告知妳的去處，我也能心安理得地站在人群之中，看著熱鬧，想說是哪一家的孩子出事了呢。不過，若現場裡搬出來是妳的身體呢？妳知道嗎，我得處理兩種痛苦，一是小孩受傷了，一是小孩欺騙了我。這時，假設有人發現，我是這個孩子的母親，他們會怎麼想我呢？這個媽媽也太不負責任了吧，她之前也這樣放任她的孩子四處遊蕩嗎？而我百口莫辯。我警告妳，永遠、不要讓我陷入那種情境。父母很難及時阻止悲劇的發生，至少妳能讓我不要成爲最後一個收到通知的人，沒有什麼比這更羞辱的了，妳不要用這種方式羞辱我。

我曾經很謹慎地估算過，爲什麼母親要讓我學習到一項品格時，總喜歡透過一個龐大的、近乎史詩般的宏麗場景來實踐，而不是以一句格言，一段出自名家之手的詩詞，散文摘錄，來打發我。她難道不累嗎？

我從十八歲忖度至今，都能讓一個孩子小學畢業了，勉強勾勒出的版本有二：一，母親只讀到國小，她能信手拈來的箴言有限；第二個可能——也是我鍾意的版本，母親的體內，也住著一顆說書人的心，而我，她的女兒，是她唯二的（別忘了我弟）、忠實的聽眾。說教與說故事，她將兩者混為一談，長長的敘事裡寄託著對我正直善良的憧憬。說故事很快樂，小孩子因此長了點智慧，也快樂。

不好意思，扯遠了。

回到我跟萱身上。

萱的意見，套用到「誠實為上策」的模板，可以得到一個結論：「母親最畏懼的情境發生了」。放學後，我跟萱碰面，再度確認，母親是在八點半至九點左右前往她家的。萱補充：妳媽媽似乎很緊張。她跟我們說再見時，看起來很沮喪。萱的形容讓我腹部緊縮，想像母親，那樣一個剛毅的人，覷著臉問女兒的同伴，知不知道女兒去哪裡了。想像母親坐在客廳裡，任由電視跟時鐘看著她。想像母親拿起電話，而她的手指，在空中發出蒼涼的嘆息，這通電話該打給誰，才能夠連到我女兒那邊呢？而我，她的女兒，是始作俑者，是她焦慮的因，也是果。我追憶起自己站在玄關的當下，母親說出「妳回來了」的神情。在萱告知實情以後，母親臉上的倦怠，再也不能單純地以渴睡去解釋。她快不能呼吸了。她得暫時遠離我，再也不要看見我，才能重拾呼吸的節奏。她必須回到主臥室養傷。想到自己那麼輕易地就能傷人入骨，只因那人愛我甚多，好一段時日，我在母親面前，節制著自己的脾氣。

可惜人無近慮，必有遠憂。幾個月後的一日，母親在廚房拭著盤子，詢問我在學校的生活。她並沒有要問我成績的意思，我卻敏感地逕自解讀爲她在暗示我得精進學業。我那天也不好受，忘了哪一科考砸了，還是說跟摯友又起了不愉快。我回了一些話，細節已忘記，大抵是「不關你的事」的換句話說。母親放下碗盤，瞅著我，要我馬上、立刻，離開家。她說我一點也不在意她，不在意她的想法、她的感受，她雙手撐著洗碗槽，孩子似地站著哭了起來。我嚇壞了，胸腔抽痛起來。母親跟我都有一個老毛病，一哭，鼻涕比眼淚先掉，這有時讓我們看起來特別傷心。母親的手上握著盤子，下一秒，盤子撲向地上。母親的手指向門外，說，妳給我出去，妳若是不滿意我，妳就走。我抓抓臉，餘悸猶存地踏出大門，惜物的母親摔了盤子。我在社區的中庭遊蕩，有些鄰居經過，問妳怎麼在這兒，我一面織造著藉口，一面怨懟著母親，再怎麼生氣也不應該把我給趕出家門。我自認我的口吻是輕慢了些，但也不必如此待遇。我晃悠悠想起那個夜晚母親懷著滿腹的不安，跟萱探詢我的下落，坐在客廳裡無邊無際地想像著我的遭遇，心底幽幽地琢磨著，冰凍了三尺又三尺，母親的胸腔內結出滿心的冰。

父親也回家了。一看到我，他好奇地問，妳怎麼在這裡？我坦白地說，媽媽在對我生氣，她把我趕出來了。父親陷入長考，母親素來很愛護我們，這次事端不容小覷。他嘆了聲氣，緩道，跟我回去吧。我彷彿墜於深淵的人，忽見一條救命索垂落，牢牢抓握，又回到了家中。地板上一粒碎渣子都沒有。根據我對母親的認識，她應該是跪在地上，手上拉著膠帶，把塊塊地磚分成無數個小方格，按部就班地沾黏著。飯菜在桌上冒著騰騰的香氣，母親說，趁熱吃吧。我突然覺得十分對不起她，她那麼傷心，還是得一小格一小格地重建這個家的安全與秩序。我尚且懵懂，卻已模糊辨認出，這種傷心，連同收拾傷心的方式，都是專屬母親這個身分。那段晚餐，不知所謂地結束了。隔日鬧鈴響起，陽光擁過的制服，靜靜地躺在床前的小椅子上。母親大概是一回事：妳掏了這麼多出來，以為要枯竭了，卻發現心底某個地方，猶不想放棄。

那個哭到一半得起身清潔的分秒，母親勢必很無助。她一再容忍，然後迎來了百年孤寂。我們在描繪愛心時，傾向把愛心繪製成一封閉的曲線，以為愛是飽滿、完整的。可是愛，時常關乎練習。練習坦承，練習掩藏。練習在乎，練習漸漸不在乎。練習緊緊抓牢，練習悄悄放掉。在愛裡的人，很難沒有問過一個問題：我得捨棄多少的自我，才能完善這份愛。瓶子裡若無空間，也少了填裝新水的餘地，但有時匱乏太多，得到的挹注又太單薄，母親們只能忍受著深夜裡體腔內水聲撞擊的巨大回聲。有時妳得摔破一些什麼，否則妳自己會先破碎一地。那個晚上，若母親把情緒給嚥下，一如她多年來的練習，那麼，有個可能，一個不容設算機率的可能，在不遠的將來，她的心會代替那盤子，不可逆地碎成片片。屆時，我們是再也尋不著收拾殘局的誰了。一旦認識到自己也有傷害母親的能耐，孩子便退無可退地長大了，母親只能在淚眼模糊中，見證孩子走上成熟與懂事。

等待父親

我曾在巴塞隆納的蘭布拉大道上，哭得不能自已。並非因爲遭竊，確實巴塞隆納的扒手多得惹人心煩，走回旅社的路上，得頻頻使勁撥擋那些親暱壓近的人影。然而，我落淚的原因，是準備前往搭車時，湊巧經過的一幕場景：街頭藝人跟一位觀衆借了他的孩子，孩子起初是情願的，但在街頭藝人第二回表演，戴上了面具，孩子嚇得哇哇大哭。街頭藝人哄不住，孩子哭得太徹底了。孩子的父親，邁開修長的雙腿往前，一個弧線把孩子飛擁至自己懷裡。孩子繼續悲泣，似是暗訴街頭藝人辜負了他的信任，然後，那名男子，一會兒撥孩子的頭髮，一會兒親孩子的額頭，街頭藝人舉帽作揖，道歉之舉，男子指著街頭藝人，吐了一串話語，孩子終於笑了，臉頰上尙有濕稠的鼻涕與淚。群衆烘出一團暖暖的笑聲，我的朋友也笑了，我卻哭了，我哭得淚流滿面。我羨慕那個孩童，羨慕他受到日子的驚擾時，他的父親是那樣恰如其分地帶來慰藉。也是在那一刻，我才願意望進胸口的窟窿，思量除了黑暗之後，我還能擁抱什麼。

母親說過，我很可能是父親在世上最珍愛的對象。出身傳統家庭，父親卻一點也不重男輕女。或許出自於我是他第一個孩子，又善於撒嬌。

父親經營物流業，專門運送高價鏡片。這考驗駕駛的技術，得竭力減少路面顛簸造成的影響。我時常央著父親，送貨時把我帶上。父親把我置於副駕駛座上，沿途介紹路標上文字的意思，也跟我分享他對於汽車的見解。幾個月下來，一晚，他牽著我去見朋友，我們被安排到戶外的位置，我對著馬路上疾駛而過的車輛指指點點，福特，賓士，豐田，賓士，福斯，本田。父親的朋友們不可置信，撫掌而笑。我成了他們的餘興節目，大家都口耳相傳，吳桑有個聰明的女兒。有時長程運輸，父親把我置於後座，他要我表演幼稚園習來的歌曲，我又唱又跳，然後我一如父親所料想地，睡倒在他為我鋪墊的棉被與枕頭上。我至今仍記得，自己時常在車身緊急煞車，滾落，被夾在前座椅背及後座椅墊之間，渾渾噩噩地猜想此刻人在何方。上了小學，再也不能這樣跟隨著父親，深刻融入台灣的拓樸摺疊，以及迷路時見他把車停靠在路肩，打電話給母親，要她尋來地圖指路。我只要聽聞他們交談便感到永恆的安慰，孩子不可能不喜歡父母相互依偎的。

這樣一家四口平靜安樂的生活或許太遭人妒恨，十歲前後，父親住進了殼裡。他的積蓄被一位摯友倒光了，母親憂憤地走進銀行解了我跟弟弟的長年定存，那是她盤算要給我們日後留學用的。我跟弟弟上學的途中，也不乏形跡鬼祟的人將我攔下，詢問，妳爸還有跟那個叔叔聯絡嗎？我搖頭，心想，怎麼可能，我爸根本恨他。那些陌生男子依然不斷地將我攔下，要我仔細交代父親的行蹤。有一天他們不再出現，可是病灶已根深柢固，至今我仍然會因爲走在路上被人喚住而驚懾如棲鳥受到彈擊。很久之後母親才爲我揭密，那些陌生人有一日親自登門造訪，要我們透露父親摯友的下落，他們之中站著一位娉婷女子，很可能是某位大哥的愛寵，母親告知，我們也是受害者，早跟那人斷絕聯絡，我們沒必要騙妳，否則我們大可連夜帶著孩子們脫逃。那名女子探頭，看見了在客廳裡一對正在戲鬧的孩童，女子又回望母親，一陣無言，她撤掉了所有人馬，從此消失於我們眼前。我反倒很好奇，是什麼說服了那位女子，她甚至成功說服了其他人，再也不要來滋擾我們一家人。相較於她或許也是個母親，我更情願她膝下無子，只是在凝視著母親那想方設法，戍衛一個家庭不至於分崩離析的神情時，她投以了同爲此身的抒情。是的，由於在日後我見過太多，被禮教深深啃咬過的女性，坐上了大位之後，反過來用同一排系統去撕扯著那些比她們年輕時更脆弱、更不合時宜的女人。我過於厭倦這種暴力的因循苟且，傾向一廂情願地在腦海裡羅織弱弱相惜的戲碼。

有一段時光父親在殼裡，我們跟他的對話如同船舶上的衛星電話，訊號斷續且不清，只留下帶電微粒鑽過耳蝸時的廣泛疼痛。沒有人知曉父親在殼裡運算著什麼心事，健談成了寡言，熱情成了冷漠，愛成了漠不關心。他把自己藏得很深。我知道我失去了那個握著方向盤堅定駛向目的地的父親。我失去了那個會因為我的載歌載舞而奮力鼓掌的男人。我們失去了共通的語言。我時常感受到他在家裡，但他也不在家裡。我怨那個男人詐欺了我父親的錢，扼斷了母親給我們構築的理想大道；更怨他把我的父親藏在一個我們遍尋不著的地方，留給我們家一個栩栩如生的贗品，這個贗品徒有父親的容貌，質地卻大不相同。他不再對人保持真誠的開放，也不再相信自己值得公正的對待。他過了一段時日才重回職場，有時他是個計程車司機，有時他是個大樓管理員，神采從他的眼中逸散了，他成了個被徹底馴化的勞動階級，咬緊牙關卻也不解世事，遭遇了卑劣的資方處遇，也緘默承受。彷彿他早已在心底預習過無數次，當他先把自己給貶低了，他就能承受別人對他的漫不經心、視若螻蟻。

對我而言，考試是兒時節目的再現。對著一行行題目考卷塗上答案。福特，賓士，豐田，賓士，福斯，本田。我考上了台中女中。人們口耳相傳，吳桑有個聰明的女兒。那時住在鄰近社區的同學萱，問我是否有興趣共乘，雙方家庭各自負責一個時段，省去往返接送之累。我以為父親會拒絕，他竟答應了，神情自得地彷彿我提出了一個很棒的要求。我這才稍稍釐清了，那套綠色制服帶給我父親的意義遠超乎它帶給我的，這個家太久沒有好消息了。父親對我的期盼很高。我沉迷起網路遊戲與言情小說——很可能從屢屢有陌生男子在路上攔截我的那一刻起，我已承受太多——我陷得很深，成績大幅塌陷，我非但不以為苦，還有些如釋重負。有些少年喜歡藉由裝病來得到父母的諒解，我太倔強，端不出病苦的臉，只能讓自己的成績單看起來一副可憐兮兮的模樣。此計果眞奏效，父親步出了殼，嘗試拾回我們曾熟稔的語言，但他太久沒對我開口了，他忘了那個曾經瘦小得能卡在後座傳動軸上方的女兒，一眨眼長大了，他再也不能不問是非地誇她可愛，或者請這個女兒來一首歌。須臾，父親爆發出一連串咒罵，罵我不知學生的本分，我也反譏回去，暗示先從本分中離場的人絕對不是我。父親給我堵得啞口無言，憂愁地瞪著我。我以爲復仇了，我會感到舒適，並不，復仇是眞的，我換到的成就卻是空的。

讓一個妳也愛的人如此傷心，妳怎麼可能隨之輕盈？

父親以爲在那日懇談後，我會變得勤勉有節。我反而更浸潤在消遣之中。時常在三更半夜，趁著所有人睡下，又躡手躡腳爬起來。撥接器聲響太大，還得先以外套覆隔收音，連上網，敲到六點，再佯裝初醒似地坐在客廳裡吃早餐，準備上學。一晚，父親夜起如廁，撞見了我披著一身夜色而臉上全是螢幕反射的藍光，他怒不可遏地抄了掃把的長柄，作勢要打我，我太過愕然，父親生平最恨他的父親老是不分青紅皀白地痛毆小孩，所以他舉誓絕不重蹈覆轍，如今他竟破了誓言。我過於驚訝，脾氣也來了，倨傲地瞪著父親，開口：你儘管打，反正你也不在意我，只在意我的成績，因爲你自己沒什麼可以期待的了。父親聞言，整張臉火燒火燎地脹紅，我以爲我這輩子唯一一次挨揍就要發生，我猜錯了，父親痛苦地轉身，摔了長柄，不發一語。母親被這一連串的巨大聲響給吵醒，她步出房外，看到我，看到閃爍的電腦主機，看著地上那孤零零的斷柄，看著她的丈夫。她嘆了一口氣，要我們各自回房，將就過了此夜。翌日，母親把我喚至眼前，問我，妳明白嗎，妳是他的驕傲。妳喜不喜歡讀書，我不介意，可是妳爸爸如今能夠珍惜的東西很少。我凝視著母親，痛苦與難堪的感受漲滿了我的胸腔，我明白，不能再跟父親這樣子交惡下去。當我們逞一時之快，以各自的方式糟蹋著這個家的同時，母親沒有想過要放棄任何一個成員。除此之外，我也心底雪亮，那席言論對於父親勢必是造成了莫大的毀傷。

天生萬物，乍看各自獨立，互不隸屬，地底下冥冥自有聯絡與感應，我們人的情感又怎可能不相互依繞，彼此牽攣糾結。如果要讓我從三十歲的此時來分說，我會認爲，我之所以待父親如此，是因爲我也渴望著自己能對他撒嬌。我希望他盡快恢復成那個帶領我，以車身丈量台灣南北契闊的偉岸身影，而不是常居殼內，偶爾走出來顧盼我成績排行的傷心人。我希望在我爲他表演了又一次精彩的餘興節目後，他可以全心全意地好起來。我過於失望，而沒有考慮到父親在殼內太多年了，需要一段時間重拾對於人生的信心，以及，對自己的信心。

數個月後的大學考試，我又上演了一次兒時節目，對著一行行題目，翻找它們所透露出來的資訊，與我記憶中的印象相互比對，找出最合稱的答案。這一回我又進了好學校，我以爲父親總該稱心如意了，他的表現倒有些疏離，像是不敢再僭越，他還記掛著那個深夜的對話吧。又過了數年，一日回家，我看到父親穿著我的高中運動外套出門，我問母親，這外套怎麼在他身上，語氣羞怯地像是在追討一個過於奢侈的禮物。母親答，想扔了但他不肯，逕自撿過去

穿，他說妳高中的學校衣飾都要留下來。母親又補充，妳爸很懷念妳高中的時候，他很喜歡載妳們上下學。我知道母親的話只說了一半，父親對那段時期的懷念應限縮於我們決裂之前，那時我們像是十幾年前那樣，合作得完美無間，父親負責駕駛，我負責歌舞，或陪他聊天調劑悶滯漫長的車途，我們一搭一唱，把鏡片遞送至那些專業人員的手中，接過他們簽下的支票，再瞞著母親跑去吃油膩的炸雞薯條作爲犒賞，到家時，一起演戲，宣稱自己還餓。那個夜晚，我責備父親，我以爲自己在等待著眞正的父親；我忘了，玫瑰即使不叫作玫瑰，香氣依然芬芳，哪怕是活得謹慎謙微且時常遁於殼內，他也無庸置疑、獨一無二，是我親愛的爸爸。

反覆思考拼湊，眼前漸漸模糊，誰能給我一個清楚的答案，是我等到爸爸了，還是爸爸終於等到女兒了。

秘密頻道

每一次去台北工作，總會規畫一個行程去見你，又每一次見你，總有淡淡的贖罪的心意。好久以前，一個朋友告訴我，她好鍾意村上春樹在《國境之南，太陽之西》裡的一句話：「人類在某些情況下是：只要這個人存在，就足以對某人造成傷害。」我幾乎是在朋友說完這句話的分秒，就升起了心領神會的感傷。打從很小很小的年紀，我就明白我光是日復一日地生活，就能帶給你無止境的痛楚。因著你是我唯一的手足，而世人又對我偏心太多。

我跟你自童年起，就活在別人的耳語裡。我們只差一歲，進同一所幼稚園，同一所國小，同一所國中，你的老師多數也認識我，你又特別害羞靦腆，不喜多言。相較於人群，你自有一個完整的內心世界，裡面的步調徐緩而經久，你喜歡獨自指出事物的名字，即使這要花上你很長一段光陰。你是那種感情下得很慢，卻能夠惦記很久的人。可惜的是，懂得欣賞這種性情的師長很少，他們更偏好教養我，我多數優點都是外顯且可供辨識，熱情洋溢，又樂於表達，不怕上台。你則是靜靜地看著舞台上的人們接受表揚，可能鼓掌，也可能不。

母親說，老師們對你的評語時常讓她感到揪心，他們很難不提到，這孩子多不像他姊姊。即使這是一個理應屬於你的場合，我的名字還是出現了，如同甩不掉的討厭鬼。還記得嗎，你曾經許過一個願，希望姊姊消失。你沒有給這個願望上過年限，我們無從知曉，你到底是太難受了，所以許願我消失一下下，還是很久很久。母親很捨不得你，偶爾也覺得虧欠，她甚至偷偷揣想過，是不是自己在懷孕時漏了補充什麼營養，讓你早產了一個月，什麼都比我慢了些。母親漸漸對我很嚴格，對你卻充滿彈性。成年前後，我跟你都因爲她的差別待遇而埋怨過她，我覺得母親對你過分仁慈，你則認爲母親待我艱苛，是因爲母親對我有更深邃的期待。母親抗辯，沒有仁慈，更沒有什麼深邃的期待，一切的一切，無非是她試圖讓兩個孩子的受光均勻。她必須交給我陰暗，因爲我在外頭快要被師長的讚美給曬昏了頭；而你，被我給擠到暗處太多年了，她想讓你至少在家裡，沒有別人的目光，可以無憂無慮地亮上一亮。母親無法改變我們在家屋以外所面臨的偏心，殊不知我們在家裡，也悄悄地競逐著她的心。我們都覺得委屈，直到年紀抽長，才後知後覺，最委屈的人終究是她，手心是肉，手背也是，她翻來覆去，只希望我們都快樂。

我心中對你的感情，難以言喻。你在我很小的時候就深深走進我的心裡。我都三十歲的人了，還記得自己有多麼依賴你的陪伴。你不僅是我唯一的手足，也是我人生中第一個朋友。我至今仍深信孩童之間有其神秘特殊的溝通方式，好似眞有電流竄過心，帶來微弱的訊號，在我們都還是個兒童時，我不必跟你交談，就能從你的眼神確知我們在想同一件事。在大人面前，即使他們再怎麼釋出善意地牙牙說話，我仍不免有學習說話的壓力，跟你在一起，可以不假思索地用兒童的默契交換信息。你，延長了我的童年。

我也記得自己曾經多麼畏懼上學，然而只要看到站在我背後的你，更徬徨也更無助，我就會提醒自己得勇敢一些，要做個榜樣，讓你感到安全。你上幼稚園時，一下子暴露在過雜的聲音裡，因而非常驚惶，你是一個那樣敏感的小孩。我時常從自己的企鵝班出發，去你的長頸鹿班找你，坐在你的旁邊，安撫你，陪你忍受這麼多人同時說話的環境。至今母親跟老師都以爲這是一場姊姊護弟的佳話。不，不是的，我得坦承，在我的心內，躲藏著一顆非常脆弱的心，只要置身太多人的環境，我表面上不動聲色，心內早已剝落成碎屑，一吹就散。我坐在你身邊，是因爲你讓我感到鎮靜。我知道我們正在一起承受著我們不喜歡的環境，我幻想我們是故事中的冒險夥伴，共同抵禦這世界的風險。我們一同走過狂風暴雨，也一起承擔了惡龍的火焰。

你也是我的第一位聽衆，上小學前，我們睡同一間房，母親給我們一杯熱牛奶，待我們喝完，身子暖了，牽我們刷牙，再來熄了燈，警告我們不能再爬出房間，你會央求，妳可以說一個故事嗎？我答應你，誰叫我自己也喜歡說故事呢。有一次我把女主角形容得太可憐了，你掉了眼淚，你說，這個小女孩好可憐、好可憐。我見你掉淚，也跟著哭了。我們兩個人被我自己編的故事感動得無以復加。我後來眞的走向說故事的路，我依然記得我們那時如此年幼，只是爲了消遣睡前的無聊，竟能開展出這麼多不可思議的對話。

我跟你之間的分岔顯現於求學後期。我們就讀不同的學校，人們也由於我們制服所表徵的排序，而給予不同等級的讚美。旁人對我們的親疏，逼得你一再倒退，終於退到一個我再也看不清楚的界外。我怎麼調轉，都連不到你的頻道，我再也不能聽見你的撒嬌跟親暱。你也嘗試對我咆哮，說我的表現，讓你的人生，全被寫成了一句成語，四個字，瑜亮情結。我對你感到抱歉，我無法禁止人類喜歡把兩物放在一起比擬的天性，我只能管好自己，不要太靠近你，我只要太靠近你，你便緊張起來，我希望你不要那麼緊張，我跟你保持距離。

我曾拜訪我們的國中老師，說明我跟你之間形同陌路人的愁緒，老師同我吐露，妳信嗎，他比誰都崇拜妳，以妳為傲，可是他不願意讓妳知道這件事。聞聲，我哽咽地追問，老師，我才不信，既然如此，怎麼會對我口出惡言。老師的臉上泛起了躊躇，過了幾秒鐘，我聽見了老師的嘆息聲，哎，在他心底，妳是一個好姊姊。這點是我可以跟妳擔保的。

我從不避諱跟友人傾訴自己多慶幸，人生還有一個你。然而，我也能明白你的傷懷。我屢屢在午夜夢迴時，想起在我們被置放在升學主義的濾鏡下，論斤秤兩地看待之前，也曾同笑共哭，我那時好怕你受傷，也不許其他小孩欺負你、說你的不是，誰能料到，最後帶給你莫大痛苦的人，是我，更正確地說，是他人眼中的我。

人與人之間，一旦被放在天平上，就很難相互友善了，他們會憶得彼此的相異，而不是他們共同走過了這麼多歲月。我後來只要遇到了別人家庭裡的手足，都很小心翼翼，絕不輕率說出，誰比較漂亮但誰比較會讀書；誰成就比較高，誰才是那個體貼的小孩。我自己即因爲這樣可有可無的對比，而失落了一種聯繫。我不希望讓他人之間的親愛變得困難，相親相愛本身即是困難的事。

我們先後離開學校，在互不相連的領域工作了一段時日。如鳥翱翔，如魚舒泳，要如何分說誰技高一等？沒辦法的。我們又悄悄地，如兩棵遙遙相望的樹，在地底下，在地面上，根與枝椏，又期待又怕受傷害地朝著對方的方向生

長。每一次去台北工作，總會規畫一個行程是去見你，又每一次見你，總有淡淡的贖罪的心意。有時候我上台演說，你也會來看我，你習慣隔著好幾層人群，遠著一段距離朝我揮手。我剎那間想起二十年前你扯著我的衣袖，低喃，姊，妳可以說一個故事嗎？

當然好哇。

身爲肥狗，我很抱歉

出生在「沒有重男輕女」的家庭，我很少注意到，肥狗的存在，對於有些人來說，是會讓人忌憚的。直到這些年，在社群媒體上發表言論，每隔一陣子，不乏有人扔來私訊關懷，問道，「妳這樣子鋒芒外露，是否有想過，會讓男人不敢親近？」第一次被問到時，眞有些不知所措，忖度著該怎麼回應，幾年後，才想通，這個問題本身就是個問題。我那些寫專欄、發表時議的男性友人們，沒有一個被質疑過，他們敢言的特質，是否會讓女性們不敢親近。說得更直接一些吧，這問題背後的潛台詞是，肥狗會得到幸福嗎？

肥狗的意思很簡單，豬不肥，肥到狗去了。若冠冕在男性身上會閃閃發亮的特質，是由女性穿戴上，在有些人眼中，亂了，形同金蘋果落進了鐵盤裡；母雞所喚起的清晨，總沾染些黑夜降臨的不祥之感。而在某些標準上，我很可能也是肥狗一條。既然如此，實在是有些難爲情，偶爾還升起了是否該對此事賠不是的想法。搶了豬的風采，很對不起。豬該肥的肉，卻有一部分跑來我身上。眞是、不好意思。

我第一次見識到肥狗的求生，緣於一位大學時認識的長輩，先管她叫童姐吧。我們很有話聊，我常去她家叨擾。童姐大我十來歲，是家中老三，上面一個姊姊，一個哥哥。童姐是手足中最有生意頭腦的，思路流暢，說話深富說服力，出社會不久，收入已達前段班。童姐的哥哥，不知是生性散漫，或被父母慣著，畢業十幾年，火掉老闆的次數異常豐富。家裡找童姐，無非是要她給哥哥一些資源，童姐若耽擱了幾秒，話筒另一端的咒語便會熟練地滑出，「我們家就是可惜在，豬不肥……」爲了避免心情受打擾，童姐通常會匯錢結束這一回合。我認識童姐時，她的哥哥似乎又辭掉了第一百零一份工作，我倆聊到一半，童姐的手機響起。她看到來電顯示，臉色一掉，深呼吸，按下接聽，三分多鐘的對話，童姐像個被訓話的小孩般，不斷地點頭稱是，好，知道，會考慮，眞的會考慮，這不是一筆小數字，我再想想。我以爲是公事上的對話，收線後，童姐苦笑著對我說，哥哥吵著要加盟一家店，需要錢，家裡問可不可以幫忙。我問童姐，爲什麼要任由家裡予取予求。童姐捏捏鼻梁，嘆道，覺得對哥哥有愧呀。姊姊在法院工作，童姐的生意也有聲有色。

童姐低喃，「親戚們常調侃我們家，怎麼反過來，女生比較爭氣、有企圖心。我的父母也講過，說不定就是因爲這樣，才讓哥哥情緒不穩、無心工作。久而久之，我跟姊姊都覺得很對不起哥哥。今天換作是哥哥的成就較高，我跟姊姊一定會毫不保留地替他感到高興，但反過來，卻不是這樣。做人好難。」童姐的聲音漸漸微弱，像一盞趨向熄滅的燈。

在感情面前，童姐也不得鬆懈。她唯一的一段婚姻，維持了幾年，以外遇告終。那女人浮上檯面、宣示主權時，童姐爲了延續婚姻，推讓了案子跟升遷，她記得丈夫母親的說法，「妳生意做太大了，又不懂得做面子給他，他才會喜歡上別人」。童姐挽回的心意未受到珍視，離婚以後，童姐告訴自己，下回要找一個事業比她高的男人，她才可以隨心所欲地決定，今天要穿平底鞋還是高跟鞋。幾年過去，童姐談了幾段戀愛，她發現到，比較高的男人，多半也在尋覓比較古典的女人。看明白這些情勢，童姐釋懷了。她遷徙到了一個採光極佳、擁有大理石中島的家。藉由布置她的居家環境，移轉著生活的小小遺憾。童姐提醒我，不只一次，妳要很謹慎，妳的每一進退，都會動搖到妳的感情。

從前我只是聽，不怎麼信，可能我對於感情還抱持著某種質樸的想像，以爲只要兩個人說好了，就好。我倒是時時想起童姐指尖撫拭著杯緣時，整雙手發散出來的寒瑟感，以及她跟我說話時，咬字上的前進與倒退。我猜她信了，信了一切都是她的不是。

我又長了幾歲。一晚，朋友邀請餐敘。出席的還有朋友的男友，以及那男友的多年至交。我向來很恐懼自我介紹，習慣答得很中性，避免透露太多個人特色，其中包括就讀科系。兩位男生聽到了以後，面面相覷，咧嘴一笑，忘了是誰先張口，哇，法律系的，這樣的話男人要壓過妳，很難哦。另一個嘻嘻笑了起來。朋友以眼神和唇語說，對不起，開玩笑的。筷子懸在空中，我心想，還沒喝酒，這些人就醉了嗎？那一秒鐘，我居然又想起童姐，想起她瘦小的身子，置身在寬敞的家屋中，那若有所思的神情。坐在我對面的兩位男性，在聽到童姐的身世後，會怎麼回應呢？我闔上眼睛，想像這人的嘴臉，套上「妳生意做太大了，又不懂得做面子給他，他才會喜歡上別人」的對白。哎呀，百分之百速配。那飯局我吃得心不在焉，把飯菜塞進嘴裡咀嚼，倒數著告辭的合宜時段。

前些日子，在網路上看到一篇文章，日本媒體《R25》所做的調查，訪問了兩百名年輕的單身男性，由他們選出最容易讓女生單身到老的職業，第一名是企業家，第二名是律師，第三名則爲醫師。這個結果讓我啞然失笑，看來這兩位男生並不孤單，隔著海洋的日本男性，也遙遙應援著他們的想法。人，實在是自尋煩惱的動物，先設定了豬得比狗肥，從此搞得豬跟狗都很累，狗若吃了一斤肉，豬就不能只吃半斤，非得吃兩斤，否則豬跟狗都要一起挨罵，挨社會的罵。

肥狗實在是活得如履薄冰，若沒有進入婚家的狀態，很難不被指責「眼光太高」。朋友甲的父母曾上演苦情戲碼，「早知道妳會這樣，當初就不讓妳念這麼高」；乙的父母則走威嚇路線，「不要以爲妳有碩士，就得執著在有碩士的對象」；無獨有偶，另一位朋友丙，碩士畢業，還眞找了學士畢業的男孩，不料，家中長輩強硬地反對，說女高男低的組合，離婚率特別高。對女性而言，

成就如玫瑰，半是浮華，半是苦刺，手放錯了位置，是會扎出血來的。眞煩啊，小時候考得好明明會被大人摸頭的，長大後卻反而成了被怪罪的理由——妳不該那樣突出的。有時實在很想抓著頭髮嘶吼，還讓不讓人活哪。

曾在書店裡，被一本書的名字吸引了我的注意力，爲了保護作者，模糊處理好了，大意是聰明女人的戀愛哲學。我將書自書架取下，虔誠地翻閱著。作者的主張是，眞正聰明的女人會懂得在談戀愛時，適度地裝傻、示弱，即使明知問題的答案，也要故作天眞地搖頭，並在男伴說出正解時，恍然大悟地讚美對方。每一章節，都是這種策略的換句話說，以及如何成功裝笨裝弱的案例演練。作者的腔調帶有一種指引迷途羔羊的大度，她三令五申，裝傻是一門藝術，眞正的裝傻會讓男人感激，而裝傻裝過頭則會讓人誤以爲妳眞傻。闔上書本後，有點想爲肥狗們掬把同情淚，眞是莫名其妙啊這人生。好不容易吃來的肥肉，爲了被愛，又得藏起來。

如果有人跑去跟 Elon Musk 說，眞正聰明的男人會懂得在談戀愛時，適度地裝傻、示弱，說不準，他會一臉不耐地想，看來該把你塞進我的火箭裡，飛向宇宙，浩瀚無窮。

如何永遠擁有一位女神？

忘記多久以前的事了，那時候，百萬富翁眞的是富翁；而女神，也眞的就是女神。

在我還不會說話的時候，我媽就擅作主張，給我決定了一段關係。那位女神據傳是南島民族的海神與閩南地區巫覡信仰所融合而成。我媽邊介紹邊拐著彎抱怨我，我小時候體質多麼嬌弱，夜晚哭鬧得死去活來，一位長輩指點，說抱去給祂認作契女吧，給媽祖認養的小孩，會好帶一些。從那時起，每逢天后宮祭拜，母親就會壓著我的頭鞠躬，順道罵我，平常進廟白目不認眞拜拜就算了，但這位可是妳的乾媽。有幾次，我好奇地注視著，想看仔細這位「乾媽」

的長相，細細逡巡祂的五官之後，我下了一個結論，祂長得好像拔下眼鏡的訓導主任啊。緊抿的嘴唇，長長的眼，一副「我都在看著你哦」的表情。

母親一聽，更生氣了，說全世界只有我對媽祖這麼不敬，竟把媽祖跟一所國小的訓導主任比附在一塊。反正，香年年在燒，香油錢年年在添，年年我凝視著祂，心底究竟在想些什麼，也真的忘了。

第二次遇見女神，是迦梨。牽線者還是我媽。從出生起，我豐沛的髮量一直是母親的三千煩惱絲。一天，她正式宣告，老娘不爽給妳洗頭吹頭了，累死！但她還是盡了一點當媽的心意，那就是給我八十塊，讓我上隔壁街的髮廊洗頭。髮廊由一對夫妻經營。老闆長得頗像電視上的師爺，嘴邊有一顆痣，痣上有一根長長的毛。他老愛喜歡一邊搓著那根毛一邊同我搭話，但我只對他身後一大疊漫畫饒富興趣。髮廊的盡頭立著兩個大層架，放一些髮品的推銷目錄或者什麼，中間一格疊著兩大摞漫畫，供客人隨意取閱。那是老闆跟老闆娘的收藏。對我而言，上髮廊最大的享受不在洗頭，而是可以瞞著我媽看一些不三不四的漫畫。

這對夫妻，一個喜看愛情，一個嗜讀恐怖。我一本一本啃，終究遇見了迦梨，印度神話中濕婆妻子帕爾瓦蒂的化身，擊潰阿修羅大軍的戰女。漫畫的情節今已泛黃殘缺，只記得男主角個性中二，別人請他敬重女神的忌諱，他偏不，最終招致了迦梨的應報。一翻頁就是迦梨騰飛在男主角的身後，頸上垂掛十數個人頭製成的項鍊，飛舞的裙子細看都是殘肢與碎骨末。

接著好幾天，只要閉上眼睛，就能看見迦梨吐著猩紅的舌頭，提著鮮血淋漓的頭顱在我面前用力地揮舞。詭異的是，三天後我又抽出了同一本漫畫，再三天，又三天，我像是被催眠了，每去必借，每借必怕得要死，好奇又難受的情緒攫住了我。這到底是怎麼一回事？有慈悲神也有邪佞神，有護生的鬼也有殺生的鬼，那究竟神與仙，與鬼，與精怪之間的分際怎麼說明？而人要怎麼行爲，才能得到神的好心指導呢？

這種無聊的思索，並沒有太過長命。畢竟，不管是媽祖還是迦梨，敦厚還是暴虐，兩位女神都不會降下人間，增加我的零用錢，或是給我寫作業。要知道，對於一個小孩子而言，錢與作業，就是整個世界。我忘了迦梨，對於乾媽也只剩下過年時意思意思地燒個幾炷香，祂們都離我恁地遙遠，神起神滅，都不會降下大水淹沒我的期中考卷。

時光流轉，我遇到第三位女神。這次我非常激動，因著這位女神不僅好看得逼人，又太過相似我一位阿姨。那時我就讀於國中，已過了對著電視機指鹿爲馬的年紀，仍阻擋不住內心的投射，頻頻指著螢幕大喊，這就是阿姨在演戲呀。我媽對我的叫嚷不以爲意，涼涼地送出一句，長得像沒有用，要命運也跟著像才有意義。我看著母親，不明所以，只知她在潑我冷水，但那盆冷水的滋味，還需要歲月來教我翻譯。

那個年代，並不那麼輕易地把「女神」兩字往誰身上一框。現在轉身去看，我確實是以一種「非人」的眼光在凝視著她。看她扮女鬼，臉蛋卻泛著仙氣，看她遊園驚夢，看她與張曼玉在池畔裸身嬉戲。有好幾個鏡頭，我深受說服，我跟她是不同的。這裡的不同，並不是奠基在生而爲人所開展的不同運命，而是原始的設定就有了歧異，也就是，我跟她之間的差異，不是比例的問題，而是本質。有些人註定活得比別人更爲高冷。

可惜這一回，我對女神的痴迷也沒有活得太久。放棄的人可不是我，女神有一天宣布，她要淡出了。她於是眞的淡出了！她的離去，給彼時的我留下一個空洞，一個懸而待解的謎團：好好的神不做，奈何跑去冷遠的陸國做陌生人呢？那裡的人有我們這般，愛妳和迷戀妳嗎？

很久以前，人類活在無窮無盡的恐懼之中，有太多莫可名之的事情令他們感到害怕。該怎麼說呢，莫可名之的事物，往往都帶著一些神聖性，好比草莖之抽芽，花之萎謝，人們不能解釋河水的流向，也不能解釋節氣與閏。於是全數許給了神。都是神，神的喜怒哀樂，神的妒忌，神之間的齟齬，神的歡喜與傷悲。啓蒙開始，我們知了，自轉公轉，略呈二十三點五度的傾斜，高速射入大氣層的帶電微粒……

我一度以爲，我們已經不再需要神，或者，不再需要那麼多的神。殊不知，一個恍神，滿滿的女神大平台堂而皇之地在我面前開展。

到底，背後那條神秘的生產線是在什麼時候動工，還源源不斷地供出新鮮的貨料？無人知曉。掉了斧頭才有辦法召喚湖中女神的時刻，已隨著世紀末傾圮。現今是女神召喚人的紀元。每一天，打開電視，都是神的誕生與隕滅，速算女神、圍棋女神、超跑女神、撞球女神、國考女神，一台轉過一台，封神演義一章蓋過一章。Lady Gaga 也硬是要弄成女神卡卡。

女神的組成成分與質地亦不斷被遭到改造與複寫。當我們說起料理女神時，可不指望她司掌行鑊之順遂，或保佑釀湯之美味；同樣地，也不會有誰在敲進一檔股票之前，先對著某位投資女神的玉照敬上三分。如今的女神並不具備法力，且時常受到人的侵擾。

從前是女神把人類置在掌心，給我們度一切苦厄，也可能女神當下愛上金蘋果，轉念一想，決定賜給人類最奢華的大禍。對於這些安排，我們人類無從

過問，一切都是試煉。現在，人們把所有的女神給置在掌心，還愛著她們時，傾家蕩產刷周邊，午夜練習複雜的歌舞給她們應援；不愛她們的時候，嫌棄她們皮垂肉鬆，笑罵她們肉毒桿菌打得太多（或不夠多）。對於這些愛的進退，女神無從過問，一切都是試煉。

神話中，普羅米修斯盜取天火，拉近了人神之間的距離，引來宙斯的懲罰；而在電影《普羅米修斯》裡，人類窮金黷武，把一批菁英送上外太空，釐清當初「工程師」（他們對造物者的命名）創造人類的原因。他們千辛萬苦，終是喚醒沉睡多年的工程師時，後者的反應卻是起身追殺人類。很多觀衆對此情節感到大惑不解，天生萬物，何以動念毀滅自己的創造？我在愕異幾秒鐘後，想穿了，萬般都是命，是事之常理，神之常情。

神，以崇拜爲食稼。而崇拜的基本要素是什麼呢？也許就是一些高，一些遠，幾分錯覺跟少許的誤解——但，不也正是這種距離感，讓神親近你的時候，你幸福得快要貧血暈倒嗎？

所以，如何永遠地擁有一位女神呢？秘方也許是不要站得太近，不要去查找她的背景與畢業紀念冊的照片，不要去搜尋狗仔隊的偷拍，女神是否蹲在超商前哈菸，還是讓誰的手扶著腰繼又滑進牛仔褲內。崇拜建立在距離之上，而所有破壞距離的科技與過度熱情，都是在破壞信仰的基礎，為難著人跟神之間的感情。

前幾天，轉著電視，媽祖遶境。一名男子伏身跪拜，只求媽祖鑾轎一稜。他的臉幾乎貼地，雙手伸得筆直。男子交出自己的方式是完整的、不留餘地的，全數的自我都給分讓出去。此景讓我既興奮又焦慮，興奮的是對於某種神秘力量的指認，真的存在嗎？會因此而得著庇蔭嗎？而焦慮的是，我好不容易看懂了，好幾年前，我迷戀的那位女神，爲什麼會在最好的時刻選擇淡出。原來拯救衆生的女人，僅有不死的，或者死過的，才能得到信仰。好比媽祖，也好比迦梨。

現在是人創造神的年代，呼喚神，要神給他們服務，服務他們的欲望、他們的矜持、他們的病痛。人注視神，是爲了神也注視他們，他們獻出自己，也祈禱神對他們不要有所保留。這種差事，一個活生生、好端端的人，若非被拆成無數面，是辦不到妥善回應這些願望的。那些被封爲男神女神的凡人啊，必然是人前顯貴，人後受罪。

前些日子，女神在社群網站上破天荒地更新了幾張自己的近照，豐潤了些，眉宇的皺褶淡了些。信徒不再，她似乎更快樂了。

吃與愛

談話節目上，知性溫柔的精神科醫師以一種非常悅耳的節奏徐徐述說，吃與愛是很容易混淆在一塊的，兩者帶來的感受很像，當我們自認得不到愛的時候，我們寄望於吃，想要召喚那種情感上的深沉撫慰。很有道理，我們與食物的關係或深或淺都是人際的隱喻。

曾有一段時日，我等待著一段感情的回聲，飢餓地等待。

上了大學，識了阿康，我們同修一堂歷史課。阿康不是歷史相關科系，對歷史的經緯輻輳卻掌握得很沉穩，我很喜

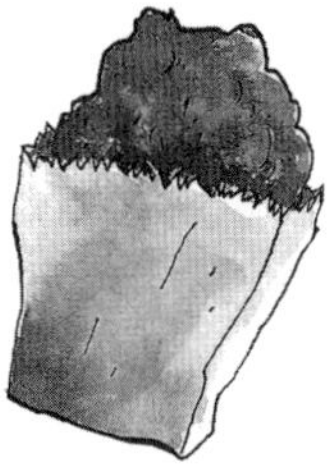

歡歷史，也不知不覺容易喜歡上對歷史充滿感情的人。待我發現時，早已習慣在每一堂課結束後，留下來跟阿康討論教授方才講述的內容。一日，話題從《吉爾伽美什史詩》順流而下，一個急轉彎，竟來到感情話題。阿康想起什麼似，凝視著我，好一陣子，突兀地開口，其實妳瘦一點會好看很多。

與阿康分離後，我把幾個男性朋友叫來，請他們老實回答，在他們眼中，我是個胖子嗎？之所以找男生，無非是我深諳女子待我是比較仁慈的。這些男生們給我的答案並不整齊，阿儀是少數待我寬恕之人。阿儀說，我覺得妳這樣很好，看起來很健康，好多女生都太骨感了。其他的男生則交出了一個中庸得讓我忍不住想提名他們爭取諾貝爾和平獎的答案：「不是胖，只是不夠瘦」。

我聽懂了：我還是得減肥的。我那時懵懂又緊張，以為這理所當然，為了嫁給王子，切掉腳跟腳趾的蠢事，都有人爭先恐後了，我為什麼不？不幸的是，我又是個容易鑽牛角尖的人，一旦下定決心，常忘了給自己留些餘地。

就讀外文系的朋友邦子，跟牡丹住同一寢，我因而認識牡丹。牡丹宣稱爲了學期末的表演，正在進行著苦行僧一般的飲食控制。早餐正常吃，午餐只吃蔬菜，晚餐則是一顆芭樂。這樣的約束，自然是難以跟朋友聚餐的。我去邦子的宿舍找她時，幾乎每一次，牡丹都在，她坐在椅子上，以慢到不可思議的速度削著她唯一的一顆芭樂。我跟邦子肆無忌憚地吞食著滷味、雞排、麻辣鴨血、拌麵或燴飯，配著甜膩的黑糖珍珠鮮奶，一邊看劇，一邊瞎扯淡。我時常能夠

感受到牡丹在注視著我們，看我們吊兒郎當地戳選著雞胗、米血還是甜不辣，牡丹把芭樂片得薄可透光，送進口中的頻率也隔得很長。我跟邦子時常不忍心，端著食物走到她的位置，問她是否想來一些，牡丹每每受到驚嚇似地，正襟危坐，一再強調她很飽、很飽，謝謝我們的好意。

牡丹那煎熬的拒絕，至今猶歷歷在目，我跟邦子都看得出來，她注視著我們進食的當下，彷彿也是用眼神舔過我們手上那些高脂肪、高鹽分、高快樂的食品。她甚至做不到，不看著我們吃東西。我規律地造訪邦子的寢室，牡丹越來越瘦，雙腿如籤，面頰凹陷。我們勸她該停止了。她搖頭，不，我還是很胖。我身上還是好多贅肉。牡丹很堅持，爲了取信於我們，她使勁從大腿掐出一小摺肉，說，看，好胖。奇妙的是，理應顯得孱弱的牡丹，目光卻熠熠有神，燃燒著奇異的神采。我後來才從凱特·摩絲的名言理解到，是什麼撐起了牡丹的精神，這位超模說：「沒有食物的滋味嘗起來比骨瘦如柴更美味」（Nothing tastes as good as skinny feels）。

我很渴望變成牡丹，我以爲阿康就是喜歡牡丹這種女生。

我大幅地縮減進食量，晚上則在校園的操場裡，包裹著厚重的外套，一圈又一圈地繞，我的體重降得很快，許多朋友指出了我外型上的改變。一晚，阿康約我吃晚餐，我刻意穿上短褲，阿康飛快地打量我的全身，我注意到，他露出的微笑不無讚賞的意味。那份套餐我只吃了二分之一，即放下筷子，阿康殷切地問，妳飽了嗎？我點頭，做出一副撐得很難受的模樣。阿康笑得更誠摯了，他果然在期待著像牡丹一樣的女孩，纖細，卻又讓人聯想到健康，彷彿一個女人的腳，天生該這麼細。他抱怨起他之前的對象，交往後胖了好多，我問，幾公斤？阿康說了一個數字，我呢喃，那還是很瘦。阿康很堅定地說，他姊姊始終沒有超過四十五公斤。阿康說起他那瘦瘦的姊姊時，我聽到的不只是對於身材的標準，也包括對於節制、秩序和自我要求的戀慕。阿康後來很常找我出門，也會若有似無地說我變得很好看，這樣很理想；我則得狀似無心地撥弄盤中的食物，一副毫無胃口的病態，其實我好餓，非常餓，我的飢餓從身子深處吃啃起我

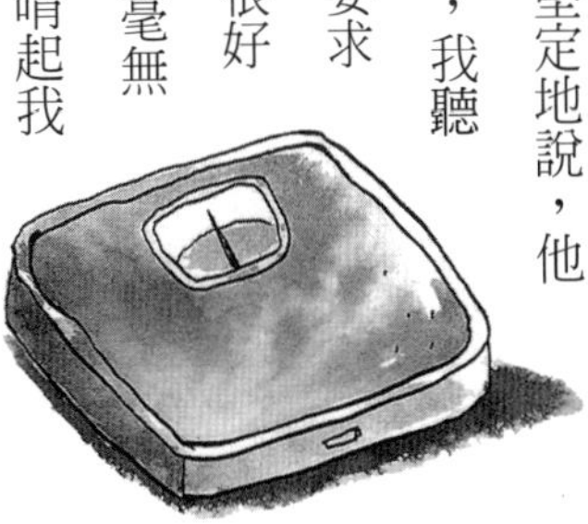

的一切，包括我的信心，連同我的尊嚴。

阿康待我越來越好了，我們相處時，他多怕我忘記似的，反覆叮嚀，千萬不要回到以前的模樣。多可愛的祝福。後來去找邦子時，她跟以前一樣，在我面前搖著食物，我說我不能吃，會變胖。偶爾吞了一小包餅乾，都能自責許久。我變得跟牡丹沒什麼兩樣，迷戀看人進食，幻想自己也一匙匙地把那淋上滷汁的米粒，或冰淇淋般的慕斯送進嘴裡。但在別人關切時，則堅稱自己很飽了。邦子擔憂地詢問，妳何時變得這樣厭惡自己的身體？她看得出來我在懲罰自己，但她想不出來我犯了什麼錯。她勸我不要再跟阿康見面了。我反問邦子，為什麼不？我已經那麼靠近了，再踮一下，我就要摸到了。

我羞恥於告訴別人，由於過度節食，我大量掉髮，在阿康認為我變得更像個女人的同時，我失去了月經。我有時裸身站在鏡子前，只能扭曲地看到一個又浮胖又挫敗的身影，充滿不必要的肉，不值得被注視。

我如何避免日子變得更糟？聽從邦子的建議，我疏遠了阿康。阿康問了好幾次原因，我訥訥無言，我總不好告訴他，在你面前的那個人，連我都感到生疏。我恢復得很慢，好幾年之後才可以正常地飲食，而不再把這視爲是一種失控。我上網撈尋跟我一樣飲食失調的病友，既交換記憶和經驗，也比較我們憎惡自己身體的程度。多數病友都跟我一樣，背後有個故事，家人、情人、朋友，說服他們變得更好，陰錯陽差之下，他們開始變壞。病友多數是女人。Feminine，女性的；famine，飢荒。兩者的相似是巧合嗎？歷史上，女人跟食物的關係，始終是緊繃的。我也查找資料，想明白自己崩壞到哪一個階段。資料顯示，飲食疾患很多時候源於一個殘酷的理想，我完全支持這說法，問題在於，我們能夠做到辨識出一個理想背後的殘忍，並選擇放棄實踐

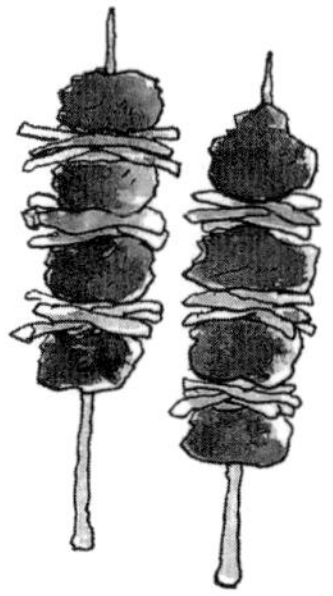

嗎？這才是艱難之處。畢竟，我們從小到大都被反覆教育，爲了理想而勉強自己，何嘗不是美德一樁？

放棄節食之後的幾個月，一個平凡的日子，睽違已久的經血自體內湧出，我站在廁所內，開心了好一會兒。邦子不只一回在我面前奉勸，對於我們要使用一輩子的身體，怎能不愛啊？而雙腿之中汩汩滑出的熱液，彷彿身體寧靜的回應：我接受妳的道歉。

我後來跟人約會，格外看重一件事：在此人面前，我能否無憂無慮地吃飲。學到教訓的我，相當明白，這即將影射出我在日後的歲月裡，能否享用一份容易的愛。

那些致命的明亮

一個朋友在工地工作。一日同進晚餐，席間有人問他，「在工地非得戴著安全帽嗎？」寫著安全至上的那種。」他停頓幾秒，答道，對啊，但也不只安全至上，帽子上其實還寫著別的資訊，好比說，姓名與血型，若這個人出事了，被送到醫院，比較方便後續的處理。那晚吃的是火鍋，這對話其實是有肉香在烘托的，聽到血型和醫院，涮肉的香氣變得更深沉了。我暗自點頭，這個概念實在很理想。我們也需要一些可以掛在身上的什麼，代替主人聲明一些不好啓齒的傾向。好比說：在我出事時，請不要拿小魚力爭上游的照片給我看，也不要告訴我誰斷了一隻腳還是站得很穩。A 型的血液不應注入 B 型的人體內，而有些明亮，並不適合餽贈給一隻深海魚類，你的好意只會瞎了牠的眼。

眞相是我們都好喜歡當醫生，小時候玩扮家家酒要掛著聽筒尋人的心跳聲，大了一點則拚了命要考醫生，考不上，還是愛當醫生，愛給人隔空抓藥，如果這劑注在自己身上很好，就莫名有一種懸壺濟世的願想。

我常尋思著人爲什麼那麼輕看孩童的智慧，人生很多難關，回去找幼稚園或者是國小的自己，往往可以得到饒富建設性的答案。好比說，你問他，若見到一個朋友跌倒了，坐在那裡哭，首先要做什麼事情，小朋友多半很直觀地答，安慰他呀。俐落、乾爽，絕不顧左右而言他，只是扶傷。在孩童眼中，遇到挫折而一時間爬不起來，無論是傷重了爬不起來，或者對方想誠實地爲自己哭一場再爬起來，都是值得嚴肅以待的。

現代社會，僅一種味道是風味絕佳。跌倒了要笑。失戀了要笑。被人倒會了也要從中考掘一些向上的能量。什麼樣的變故都值得一哂。社群媒體上，我

們常見人端上不亦快哉的爽照，底下讚聲一片，恭喜，恭喜，空氣間洋溢著歲歲有今朝的喜氣；相反地，若見人鬱鬱放上一樁痛的舊事，或是字裡行間有悲傷之意，必然聽聞誰在暗地裡澀澀點評，離他遠一點，他太軟弱了。

訕笑的背後，可能也藏躲著一顆畏怯的心，怕此時不落井下石，便難以證明自己的日子多麼快活。我也可以明白，負這個字，總讓人感到潮濕悶滯，像梅雨季，牆上的那片壁癌，曬不乾的冬被，只差一個數字就中了一千元的發票。於是，我們開始文過飾非，修改數據好讓一切端得上檯面；絕不承認，若有誰眞心想成就大事，整個宇宙偶爾也會聯合起來揍他。抽掉了傷悲的神經，以爲從此天天天藍，卻又不由得在深夜裡複習起撐傘的手感。

這不是人的矛盾，而是正負好壞，實則雙身單影。在胸臆儲存一些會咬人的回憶，左膝上放牧一片瘀青，沒那麼可怕的。它們是另類指南，教你明白，世界上有些地方，你去了，會痛，不去，便快樂；有些物事，你碰了欣喜，不碰，就傷心。

有一檔紀錄片，主角是一個天生沒有痛覺的孩童。旁白說，沒有痛覺，正好是「焉知非禍」的一種典型。把一個人的手往瓦斯爐上擺，他必定給火舌舔得齜牙咧嘴，日後見到明藍的火，隔著距離，手心已泛起了麻灼的痛。而這個兒童，比別人少了一味「給痛得狠狠往後一縮」的後勁。他的父母對著鏡頭，愁容滿面地說，若這孩子日後給車碰了，會記得把自己送到醫院嗎？

所以，在此，我想要指出一種權利，是若有人把你的手往明火上扯，你就疼得十指連心。不必假裝堅強，不必從中鍛出什麼削鐵如泥的硬道理。

我們都受過教育，尚未明確傷勢前，千萬不要輕易搬動傷者的位置。既然如此，逼著被生活狂揍一頓的人馬上站起來，不是我要說，實在有夠白目。

有時候我歆羨兒童，歆羨他們跌倒了可以理直氣壯地坐在那邊哭，更羨慕的是，很少有人拷問一名哭泣的兒童，你是不是未免太傷心了啊？

我們打招呼時，掛在嘴邊的老是你玩得愉快嗎？很少見到誰不識相地問，你玩得悲傷嗎？可是，人生這麼大的一個遊樂場，那麼多項設施，總有一樣是會讓你哭的吧？誰可以童叟無欺地說，自己此生絕無在遊樂園掉過眼淚什麼的。正是因爲什麼都太有趣了，時間太少，自己能力又不夠，於是不給出一點傷悲什麼的，哪襯得起我們富麗堂皇的愛戴。假設遊樂場乏善可陳、盤中的那塊肉一點也不膏肥、情人身上又無半分質素値得爲我所愛，我們確實可以活得無憂亦無怖，而那，是我朝思暮想的境界嗎？

我曾在網路文章裡，撈到一篇僧侶的智慧（也不知道是眞是假，網路上實在太多得道高僧了），大意是，童年時我們會因爲玩具不見了而傷心，長大後卻不會，因爲時光已教我們澄清，玩具並沒有那麼了不起。若把這份感悟，連結到其他的人事上，我們終將倖免失去所牽引的傷悲。

但，對不起，僧侶大大，我還是想因爲玩具不見了而傷心。

太沒用了，我知道，可是——我寧願活得狼狽，趴在地上，因爲得不著什麼而哭泣。誰叫我眞正想要，眞正喜歡，眞正地對此事偏心。反正，人生不如意十之八九，活得再怎麼東倒西歪，也不過是在爲旁人示範一個正常人的日常起居。到了這階段，雖無功，倒也無過吧。

說了這麼多，容我在最後賤賤地說，祝你有個愉快的一天。

在台北練習起飛與降落

大學四年，都在公館度過。拜低廉的住宿費所賜，整整四年，長安居的銳齒不曾咬上我，我有很長一段時日，都輕信這座城市是適宜人居的，渾然不察這份良好的自我感覺，很大一部分來自於政府對於公立大學的挹注。那時，我的生活頗有魏晉文人的格調（若也能跟他們一樣偶爾嗑點迷幻藥就更好了），時常興起，就拉著朋友從坐落辛亥路與復興南路的後門出發，在城市的網絡中，毫無目的地漫走。雖無法如王子猷一樣乘著輕舟，也無法貴氣地招來小黃遊車河，但乘興而行，盡興而返的況味倒是十分相若。我跟同行的友人們往往沒有想法，累了或無聊了便折返，但，絕不對捷運投降，有時為了堅持這原則，有三四個小時就這樣跟時間廝磨，迤迤而行、漫漫而遊。

有回跨年，我跟一位朋友，兩個女生，從十點多開始出發，估計十二點正好趕上明霍霍的燈火。但，畢竟還未成熟吧，心思老是不設防，一直覺得當晚的景致格外有趣，路上的人們臉上浮著一股紅潮，彷彿方才從事了有些煽情的行爲。人類把時間切割成三百六十五又四分之一的等分，又對其中幾個等分格外愼重地看待。跨年提供了某種進步史觀的誤想，以爲我們跨越了什麼，事實上我們更像是跳繩，盈盈一躍，最後仍落在原地。那個夜晚，由於我們的注意力不斷地跑來跑去，待至人們大聲倒數，準備時間一到，發出數十封簡訊時，我跟朋友卡在半路，好不容易找著一座天橋，三步併作兩步地爬了上去，下一秒，爆炸聲起，流火浮現。煙火設計師定義了天空，觀衆的解讀各自成家。我跟朋友相視而笑，打定主意再走回去。

說來矛盾，年輕時我們還算懂消遣，明明口袋沒有多少錢，但因爲我們並不把時間視爲一回事，時間於焉也拿我們沒轍；倒是幾年後，出了社會開始掙錢，卻屢屢爲了趕時間而選擇最迅即的交通工具，有時得端出筆電，掏出手機，就地勞動。一旦開始趕起時間，時間便從四面八方追捕著你。我們擠時間，時間更是擠著我們。

大學即將要畢業時，一些朋友留下來讀研究所，複製了大學四年的無痛賃居。一些朋友開始找房子，爲進入職場做打算。我陪後者看房子的同時，也尋思著我的未來，我曾以爲我對這座城市不算陌生，但在失去廉價宿舍的扶蔭之後，這座城市收斂了溫婉的抿唇，第一次，她對我露齒而笑，上下兩排，犬齒特別尖（再後來，一位編輯朋友同我分享，她見過更標致的犬齒。她，來自香港）。

朋友珍妮打了通電話，說她在師大附近落腳，我可以去看她。三坪左右，單人床跟衣櫃占據了泰半的坪數，剩下的空間勉強可讓一人側身躺著。這種毫無餘地的空間配置，像是一則年輕人跟社會關係的隱喻，我啞然無語。珍妮叫我別嫌，一個月才五千。低價的犧牲也包括，得跟另外四個房客共用一套衛浴。談到衛浴，又是一絕，裡頭之窄仄，我簡直要站在馬桶上才有辦法匀出空間讓門迴身掩上，根本挑戰人體極限。想到珍妮日後得住在這樣的環境裡，心中不免感傷，實在很想說這不是人住的，但珍妮才剛在契約書上落下簽名，不好折她的心。

踅回房間，珍妮跟我描述起房東的性格。老實說，也不差她的描述，單憑「把一個三十多坪的空間割成十個雅房，每五人配一套衛浴」就足夠把一個人的外表給說光了，至於鼻子眼睛身高的，都無所謂了。

環視四周，珍妮動了許多腦筋在收納上，多麼讓人怦然心痛的空間整理魔法。整理空間的同時也修理自己的人生。我跟珍妮才聊了幾句，有人來敲門，

扣得很沉很用力。珍妮臉色一僵。牆壁是木板隔的，隔牆有耳，耳朵的主人也在承受著聲音的摩肩接踵，我們聲音夠小了，隔壁的房客也並非不大方，然而在這麼侷促的空間，一次又一次地劃清界線是無可避免的。幾日後，我又陪另外一位朋友去看房，台北醫學大學附近，地段好，鄰近的氣氛舒適悠閒，一整層約二十坪，三房，兩萬五。朋友一看到實品非常滿意，很快地談成了。她提議算我一份，七千就好，還有公共空間，我才剛見了珍妮的條件，聽到七千，心橫生生地偏了一下，很想點頭，但又掉入沉默。那時我還不曉得如何處理跟自己的關係，而我很相信一件事，當一個人心有徬徨，便不適合做出任何影響深遠的決定。我後來回台中，在台北四年的沉積物，都給我塞進郵局的紙箱裡，共八個，看著豁然開朗的書案，心底延起長長的愁緒。

那時我正試圖重寫自己的生涯規畫。告別台北。按了好幾次重新整理、刪除和復原，印出一張看似可行的藍圖。我寫字，得到一些機會。鑑於文化活動多在台北，我北上的次數頻繁了，在學期間認識的友人對我伸出援手，她們把自己的床讓了一半給我，好讓我不必趕著搭車南下。

這些女子，她們收容我，把我牽進去她們那散發著柑橘甜香的房間（工作的焦慮讓她們紛紛沉迷於香氛產品），也想藉由我的出現，召喚出某些昔日情懷，好讓她們在這座都市裡，跟人生討價還價的路上，不至於太孤單。我最常去的是青的家，青是我的高中同學，租在市民大道上，交通輻輳之地，不管我的活動在哪兒結束，跳上計程車，喊出青的地址，一罐可樂的時間內，就能抵達青的居處。

有時青會把鑰匙寄在管理室，有時她請我等她。青的工作結束得晚，我時常倚著牆，任由知名服飾的燈牌閃光在臉上跳來跳去。在熙來攘往的街道上等青，時常會讓我浮現一種錯覺，若青讓我等很久，我也不至於太寂寥。蛾兒雪柳黃金縷，笑語盈盈暗香去。台北東區，辛棄疾可能也略懂。人類建造的大都會，數百年下來，依舊共享著同一份喧囂，同一份寂寥。胡思亂想到一半，青出現了，她的裝扮，好似日式雜誌裡那些街頭受訪的上班族，得足夠舒適，好應付一整天的移動，又不能寬鬆得讓人以為妳對時尚充滿誤解。

大學時，曾修過一門課，教授在台上以理所當然的口吻訴說，一個家庭，最理想的空間分配，是每個人都有專屬自己的房間，如此一來，導火線燃燒時，雙方都能快速地退回巢穴內，讓空間的隔離抵銷齟齬的火力。這句話像是一瓶珍貴的佳釀，我在二十歲的時候收到，也知道要裝模作樣地擺進櫃子裡。十年後，我將這瓶酒提出來，搖了搖，端給我親愛的女孩們喝，卻見她們淺啜一口，告訴我，這酒不合時宜了。

這座城市，不僅是空間整理的奇幻展演，也有人生關係的神奇調度。

青住樓中樓，上下兩層加起來約二十坪大，三萬，管理費三千。進出入管理嚴謹，鄰居的素質整齊。三個年輕女孩的組合，交通的便利與居住的安心是當初她們相中這個物件的主因。

痲雀雖小，五臟不全。我很難不被晾在浴室的內衣褲吸走目光，沒錯，三萬三的空間並不擔保一個得以晾曬衣物的陽台。青換了幾次工作，多半與演講、展覽相關。種類齊全的藝文活動，是銳齒下柔軟的舌面。青給觀眾製造精神上的香氣和富足，但，實際上，青也像是多數我認識的投身藝術之人，私底下常感惶惶不安。她給這城市注入的氣候，無法兌成個人財務上的穩定。這座城市對人挑三揀四，理由無他，有多少人引頸等著進來呢。青提了離職，想轉換跑道，房租像頭小獸，過往你定時給它補給餐肉，它便綿綿服貼，現在收入短出，小獸在暗夜中哮喘著，緊盯著你停止上升的存款。青腦筋動得快，俐落地把親妹妹給撈過來同住。

青不是唯一一個這麼做的人。另一位朋友講過一句名言：我不是爲了愛情而同居，而是爲了獨立的衛浴。這句話眞是小場面大製作，小情愛大環境，可以放在雜誌封面，列於小說的書腰也算稱頭。她原本一個人住雅房，洗完澡，不能佔用浴室太久，得急忙裹著頭巾，走進房間吹整。若是冬天，走起來特別辛苦，寒風刺進頭皮，痛痲又脹，也預約了明日的頭疼。所以，當她陷入愛河時，滿心滿眼都在算，集滿兩枚雅房，可以升級成一間套房嗎？另一位朋友的故事更溫馨，跟前男友分手後，還住在一起。理由是租期未屆，捨不得違約金，反正一個人又住不起八坪的套房，索性上演情義不成買賣在的戲碼。她們難道不清楚距離連帶的美感嗎？當然懂。只是房租太跋扈，她們也只能在被除以二的房租下，把身體跟身體靠得太近所綻生的彆扭跟冒犯，也一一除以二。

我數著晾曬在屋內的胸罩內褲，空氣中發散衣物柔軟精的味道，撐著頭揣摩，這些與我交心的女孩們，爲什麼如此溫馴地餵養這座城市呢？

城市的完善高度仰賴著某種對於秩序的渴癖。你步伐緩了些，背後的人就忍不住把肩頭遞上；捷運手扶梯要往右手邊站，不小心擋路了，身後的人蹙眉輕哼一聲借過。多麼訓練有素的羞恥心，不僅約束自己，也生怕別人搞不清楚狀況。好畫面也是有的，十二點過後的敦南誠品，坐我前面的女孩，抱著一本枕頭厚的設計圖樣，夜未央，她還在築夢，而我那樣清楚地看見她的夢境，也被這種不斷往上的氛圍給渲染了；或是陪著青在東區覓消夜，和那些衣香鬢影的麗人錯身，窄窄的高跟鞋，撐不好身體，卻扶搖了她們的精神。白晝有光，夜晚有另一種光，兩種光在巨大的鼎鑊中互不相讓地調和，最終豁養出上百種人。所有的夢，所有富麗堂皇、事無巨細的好事，你在這裡都能遇見。

《一代宗師》中，宮寶森帶著閨女宮二上金樓，木面雕花，金箔緊銜著扶手而上，珠玉光轉，浮華奢靡的遺緒纏綿至每一盡處，每一細枝末節。宮寶森轉頭告訴宮二，有些事情妳不來看，很快就沒了。台北亦復如此，這一秒鐘與下一秒鐘，眼看她樓起，眼看她樓塌，那廂有人張燈結綵迎入新品牌，這廂有人正摁滅老字號。最好的與最壞的，最上檔次的與最下流氣質的，最紙醉金迷的與最清眞無垢的，淨被這座城市所囊括。往天空突刺，往地底掏挖，利索地博物，又毫不在意地浪費。我們既是欣賞者，也是置身其中的館藏。

在我升格三字頭的這一年，好多朋友對著我說，想回老家了。在台北多攢的三千、五千，都被節節高升的租金與交通餐飲贏了回去。他們享用台北，這城市何嘗不是享用著他們。

我知道，說出這些話的人們，還會跟這座城市藕斷絲連好一陣子，所有宣稱自己想離開的人，都得把所有優點給狠狠地複習一遍。我閉上眼睛勾勒，不遠的將來，會有一個年輕的誰拎著皮箱與幾堵雜物來到這，而這座城市半垂著眉眼，默默給這新人進行分類，思忖著如何料理這時鮮的精魄。弔詭的是，給這座城市嚥進去又吐出來，那些亮錚錚的細白小骨頭，排組起來，可能比我們最一開始的肉身，更顯得矜貴。

尋思至此，我簡直要爲這城市的慷慨而感激了。

可是我偏偏不喜歡

我是一個物質欲望不高的人，衣服很少，褲子很少，怎麼換穿老是那幾件。倒是很捨得擲錢在移動上。對我而言，日復一日的複製、貼上是相當消耗的。於是，一年之中非得有幾天，賣力把自己送進了機艙或者火車車廂，在飛行或軌道的起伏中，一顆心跟著上上下下。我時常覺得自己有種迫切的必要，得離開當下的生活，把自己轉而扔甩至另一個地域，哪怕是短短數日也好。我尤其喜歡遊走於不同的城市中，在鹿特丹、法蘭克福、香港、紐約，我都以自己的雙足丈量景點與景點之間的距離。

至於台灣，除了台北，我最能安心步行的城市莫過於台南，已經到了能不開地圖，從火車站順行到國華街吃吃喝喝的程度；也曾從花園夜市一路散漫地踩回二二八紀念公園附近的飯店。對我來說，冬季、上了點時辰的海安路最是迷人。海安路肥方方的，遊起來不必擔心碰撞了誰，縱然是任性地倏然停下，旁邊的人也會如同遇到石頭的溪水般自然繞避，沒有不耐的嘖聲，一切都心安理得，人口密度與道路的肚量交織出舒適迷人的旅遊品質。當我一步一步地往前，沿街商家的客人們，臉上或是給酒精炙過的潮紅，或者是泡沫綠茶冰鎮出的沁爽。我喜歡憑空揣想，這個方臉的男子度過了一個汗如雨下的白晝，那個戴細框眼鏡的女孩則好不容易撐過一個客戶反覆刁難的下午。而熱油鑊出的爆裂香氣，巨大玻璃杯盛裝的茶液，都能夠果斷切分出一個獨立於塵世的空間。彷彿只要過了炒三鮮，或是盡了這杯奶蓋綠茶，就能夠拉撐出一些喘息的餘裕，明早晨起，又能想出一套說詞去應付生活的節節逼近。

不同時辰的人會有不同的情調，建築也是。特別是廟宇。白晝正氣凜然，黑夜再訪，大脊上的剪黏，交趾陶，蟠龍柱，彩繪墀頭，大紅燈籠，一一敷上月光，宮的氛圍一下子偏差了。我這才看明白，人的無助需要有個儲存與傳遞的空間，廟宇何嘗不是仰賴著鼎盛的香火為其撐腰？怪不得「廹廹」這個字特別入我心眼，一日一月，底下則是奔走的變形。你不能只在光天化日之時造訪一座城市，入了夜你更要迤迤行經。太陽底下沒有新鮮事，別緊張，月亮底下，還有；你熟習的景物都在，也都不在。

有時移動的距離很長，進入一個全然陌生的場域，浸潤在一竅不通的語言，感受空氣中濕氣的變化，那裡的水嘗起來的質地，旁觀當地人的談吐以及他們挪移手腳的頻率，你會得到一個預料之外的回饋：在外國的月光下，故鄉的草更綠了。越是明白別人並不這樣過活，你越能看出家鄉就是這樣過活的。你再也不能理所當然地看待自己的理所當然。家如點畫，近看不過是顆顆模糊的雛膜，得隔上幾步，線與面才能脫胎出輪廓。

我曾試圖把自己對於移動的癮告諸他人，但這社會上隱約有另一種聲音牴觸著我的興致，那聲音說：但那些遊歷都算不上什麼，好，你說科隆的大教堂很美，但親眼見上了又如何。或云，一年的車票錢累積起來，放進銀行裡作爲頭期款，豈不是更好。我們的文化對於物質的焦慮，以及對漫遊的輕看，在在令我精神疲勞。在這種氛圍下，移動，依然被某種勤有功、嬉無益的信念給約束著。空運而來的貨品往往比較貴，世人便以爲人也應比照辦理，若你下了飛機，沒有比登機前行情更好，你的飛行與降落，他們說，都是浪費，你蹉跎了你的青春，沒有在最好的時刻，累積出最亮眼的履歷。在這些人心目中，人生好像一紙連連看，從寫著一的點，畫一線至寫著二的點，中途不得搖擺，也不得節外生枝，得一心一德地畫到最後一枚小點。我懂得這不需思量、機械性生產出的安心感，標準規格，品嘗起來都一樣，不會有期待，也不會受傷害。我也曾專心致志地連著別人分派給我的圖紙，做一個有耳無嘴的乖小孩，怯於質疑這項安排。然而我越是描線，越是陷入沉默和憂鬱。我日益認知到，我天生不是個能安於連連看的人，我得撕開手上的圖紙，從零開始。

金庸的著作，我最鍾情的作品莫過於《白馬嘯西風》，尤其是書末一段：江南有楊柳、桃花，有燕子、金魚……漢人中有的是英俊勇武的少年，倜儻瀟灑的少年……但這個美麗的姑娘就像古高昌國人那樣固執：「那都是很好很好的，可是我偏不喜歡。」少年時讀到這行字，暗自認定這就是我可以奉行一生的圭臬。上半生學習鑑賞的品味，能夠指出世上凡物，都是很好很好的；下半生希望自己能長齊個性，能夠如同李文秀一般，擁有不與人同的自由。

曾深受一位網友A的文字感動。我是在一個專門討論旅遊的論壇上遇見他的文字。點進個人頁面後，才得知A身染重疾，最差的情況即不久於世。A沒有明說自己的疾病爲何，倒是細細梳畫他的日常生活。在想睡的時候就寢，想下床的時候離開棉被。肚子餓了才吃，渴了就攝取液體。多半時刻，A閱讀，以及大量的旅行。他說，身為一個幾乎掛著倒數警鐘的病人，沒有人膽敢期待他乖乖坐在辦公室裡敲出讓客戶滿意的數據，或西裝筆挺地在摩天大樓的其中一層，與客戶交換得宜的應酬語言。A被醫生告知診斷結果的當下，不是沒有大哭幾場，但眼淚蒸發後，他重拾了生活，行止只有一個基準，活著，活著就好。在這樣的基準下，他活得比誰都更像個人樣，我不能再更嫉妒了。他不曉得明天在哪，但他很清楚自己的今日落於何方；反觀我們，病態地追逐日子。庸庸碌碌到最後，竟連一句「可是我偏不喜歡」的餘裕，都得在暗室，趁著四方啞然，偷偷地練習，是的，我知道，我都明白，哎呀，你說的那些，進修，考公職，存頭期款，增加競爭力，都是很好很好的，可是我偏不喜歡。

思及此，我又忍不住想打開網頁，打一張票，漂流至這些流言蜚語追趕不到的地方。

戀物記

相對於人，我更傾向與其他動物相處。若不得不前往陌生人的家中，我在心內用力祈禱，希望那個空間裡有養狗，或者很多貓。人很有意思，難以忍耐他說話時，你的注意力不在他身上，卻有個例外：除非你把注意力挪移到他的孩子，或者他的「毛孩子」之上。我只要伸手撫摸，發出語焉不詳的聲音，試圖跟那戶人家的寵物建立關係，主人便非常悅然地說起這孩子的來歷。故事偶爾得從一場春雨說起，見有貓瑟縮於屋簷下，於心不忍；或者上山掃墓，親戚突然發現草叢裡，野犬生了一窩，凝視良久，忍不住揀了一隻返家。

每隻寵物的背後，都有美如詩歌的典故。

寵物是相當安全的話題，屬於生活，又與婚姻收入升遷無涉。說那貓的毛色順滑如太妃糖，那狗的臉如娃娃般精緻。都很好。要誇獎別人的小孩可沒辦法這麼輕鬆，小孩聽得懂人話（雖然他們常假裝聽不懂），你得很謹慎地給予評價，稍有不慎，便碰壞了他們剔透的心。對寵物，則不必那樣拘謹，一直呢喃牠怎麼長得這麼可愛，重複十次，都還在可以忍耐的範圍。

寵物很少讓人感到心痛。即使別人家的小貓小犬小鳥比較漂亮，還上手一堆伎倆，人類竟也能對於自家毛小孩的一事無成，驕傲依舊，彷彿自家的寵物越笨，越襯得自己對牠的愛天可明鑑。至少，我的家人便是如此，每逢生人來，問，你家的鸚鵡會說話嗎？有把戲嗎？我媽的眼珠骨碌碌轉一圈，亮出眼白，說，就不能讓他們專心地當好鸚鵡麼？我就是喜歡看他們什麼

也不會。只知道玩，只知道跟我搶瓜子。我一再地被我媽那正氣凜然的口氣給感動。同時也納悶，我們家鸚鵡什麼都不會，有什麼好得意的？若今日談論的不是寵物，而是人子，我們早得夙夜匪懈地挖地洞了。

從我媽那聽來一個故事，關於一個女人與她的狗。

女人有夫，有子，她又抱來一隻狗，全心全意地愛牠，一年，她跟朋友出國旅行，丈夫跟孩子湊巧也出門訪親。女人把狗送到了要價不菲的寵物旅館，設有監視器。登機前，女人按照店員給的指示，連上畫面。狗專注地注視著門口，那是女人消失的地方。旅伴建議，先關掉吧，待會就跟其他隻狗玩在一起了。女人沒有吭聲，手機收進口袋，心事重重地上了飛機。飛機一落地，甫接通當地的網路，女人又壓抑不住地打開網頁，狗維持著近乎相同的姿勢，像是畫面尚未更新似的。女人嚇一跳，飛快關上，跟著朋友趕路。前往市區的快車上，景色一格一格地倒退，那是一座絕美之城，卻進不了女人的眼底。女人的心有一抹模糊的影子，那影子搖著尾巴，等著她。在旅店下榻了，女人撥了通電話給寵物旅館，問，狗還好嗎。店員回應，吃很少。女人鼓起勇氣，告知朋友，她要更改機票的時間，打算提早返台。旅伴不可置信地發出驚呼，見女人態度堅決，旅伴轉而笑罵，「早知如此，當初不讓妳找有監視器的住宿了。」又過了好幾年，狗以極高的年歲過世了，女人又出了國，這回她在海外待了非常久。家裡的每一個角落，都有那隻狗探索過的痕跡，她待在裡面，沒有一秒鐘不想起那隻狗。狗的幻影，瞻之在前，忽焉在後，忽跑、忽臥、忽四腳朝天、忽雙手交叉娉婷靜坐、忽杏眼討摸。幾乎可以說女人的生活是沿著狗的心願去裁切的，有些時辰要留給狗，有些星期要記得買雞胸肉，有些月屬於牽著牠去給人修指甲和基礎美容。找人來裝潢家屋時也得顧忌，狗的旋身與衝刺，新購沙發的質地是否合於狗的貼身躺臥。女人付出甚多，卻不曾覺得匱乏或可能乾涸，狗比誰都掛念她、需要她、戀慕她，丈夫跟孩子常忘了她喜歡什麼，狗不會，狗就是她的喜歡。狗不在了，女人的日子卻滿是狗的齒痕，女人離開家，她內心有個洞穴是那隻狗挖出來的，除了那隻狗，誰都進不去。

這種他人因愛寵過世而有多傷心的故事，在我眼中，跟別人撞鬼的真實經歷沒兩樣，聽聽可以，千萬不能自己遇上。我的心胸太狹隘了：常人能夠輕易放下的，我總是掛念多年，何況常人捨不得的。那太可怕了。

不過莫非定律說，你所擔心的，總是會發生。

我們家迎來了一隻鸚鵡，我懂了所有的因緣。

說穿了，我們總是忌憚與人相愛的。唐義淨法師所譯的《佛說妙色王因緣經》，由愛故生憂，由愛故生怖。跟寵物的愛，很少帶來憂怖。狗提供了，你的給予，絕不至於被辜負的快樂；而貓，更像是某種練習，練習去接受，不被理睬並不表示不被愛。至於鸚鵡，我也說不上來，兼而有之吧。鸚鵡不僅是我眼中的蘋果，也是天空的延伸，見牠拍翅，滑翔，懸停。鳥類能以全身的肌肉影響空氣流經牠們身體的模式。造物者在創造牠們時，想必靈機一動，才思泉湧。人類得那麼卓越，才能爭取到駐留天空的一秒，而鳥，那是牠們的基礎本事，牠們天生屬於天空，人們凝望牠們的身影，寫生出翺翔這個詞。

我喜歡他不理解我的語言，他的語言，我也不理解。如此一來，他任我浮想聯翩，我喜歡看著他呢喃，你知道你是全世界最美的小王子嗎？你是我見過最完美的、最完美的動物。我喜歡對家中的鸚鵡拋擲過於浮誇的形容詞，而不必心虛自問，我是否將把他寵壞？我這個人，有個壞習慣：傾向從別人的眼神拼湊出自己的長相。久而

久之，一旦跟人過於親暱，即使對方緘默不言，我也會傷神自己是否失了言或錯了方寸。在他身邊，我意識到自己多麼需要一個不可能理解我處境的存在。

偶爾（但比我們以為的更常發生），理解本身反而遂行了傷害，生活中多數的疼痛都來自那些明白了我們的人。跟他相處越久，我越能摸索出，多年以來，我始終等待著一種禮物：可不可以不要跟我說話，又留在我身邊？

好多位朋友埋怨過我對鸚鵡的專情。

他們一邊從背包內掏出要給我的禮物，擺放在桌上，一邊咕噥，妳太卑鄙了，喜歡貓跟狗的人好多，但像妳一樣，特別鍾意鳥的人好少，所以呀，路上看到鳥的精品或小玩意，竟覺得有義務、非得買來給妳。我早已聽不清楚他們之後又說了什麼，逕自把玩起他們送上的文具或布偶，規畫著帶回家之後，得擺在哪兒才足夠醒目。

歡樂有時，哀傷也有時。去年鸚鵡的體內多了一顆腫瘤，我們舉家食不下嚥，一下了班就往他身邊去。他沒爲難我們太久，走得很快，他離開的那個夜晚，我們都在，一一淚流滿面地撫過他吃力喘伏的身子，同他道謝。得他十年，太多幸福，太多幸福。他這麼輕，不到五十公克，卻是生命中不可承受之輕。

他是我們家的最大公因數，好幾個晚上，家人忽有爭執，又怕驚擾到他，只得靜了音量，無形間阻斷了歧異的綿延；他也是和事老，再怎麼不情願和好，只要一方先遞上他的照片，就是保證有效的橄欖枝。

母親接受了我的說法，把他安葬於一盆桂花樹下，我告訴所有人，想像有朝一日花瓣張開，如他的展翼，想像他只是換了一個形式長伴左右。母親許是信了，從此殷勤地照看那盆花，花病了，沁出斑點，她焦急地抱著去給人檢查；如同我們當時抱著籠子奔進獸醫院，獸醫師一看，深深嘆息，治療你們這種人的寵物，壓力特別大，從你們是抱著籠子而不是提著，便看得出來你們多愛他。母親給桂花噴藥，日日按著日照傾斜而挪搬盆栽的位置。

前幾個月，一日我倉促返家，又趕著出門，手扶上門把的剎那，母親幽幽開口，妳沒發現家裡有哪兒不同嗎？母親難得對我有情緒，我知有大事發生，把家裡前後仔細地端詳，仍不得所以。母親嘆了一口氣，妳沒發現嗎？桂花樹開花了。聞言，我連忙奔到花前，花瓣張開，如鸚鵡輕輕展翼。

我感覺到有小小的、毛茸茸且輕暖的什麼，抖擻著躍進我心中那自他離去後，日夜沁著血沫的窟窿，並完美嵌上，止住了血的靜流。然而，跟母親比起來，我的心事算不上什麼。母親沒有遺忘他，一秒鐘都沒有。

她從海上來

我時常想起母親，在國外的時候。在科隆的教堂，在巴塞隆納的大街上，在紐約的蘇活區，我總會一個恍惚，想起在我那小小的家鄉小小的家等待著我的小小的母親。當我看著城市的天際線被建築物啃得凹凸不平時，我拍下來，傳給她看，然後她問，妳平安嗎？

母親的學歷止於國小。對於小時候的我而言，這是一個中性的陳述。有人的母親是博士，而我的母親只讀到國小。在我眼中，就跟蘋果有紅色的，也有青色的，雖然紅蘋果較爲多見，但也不能排除青蘋果的可能性。老師按年發下家戶調查的問卷，我總眉眼不眨地在父母的學歷那一個欄位上，勾選國中和國小。而隨著我進入了高中、大學，身旁的人對於這件事的反應也長出了層次，訝異，不解，帶著一些些好奇。尤其是差我一歲的弟弟，也緊追在我的腳步之後，進入了聲譽頗好的升學高中就讀，有些父母來跟母親請益，想詢問她是如何安排教育的，我跟弟弟又沒有待過什麼補習班，怎麼那麼「會考試」。母親往往受寵若驚，不無忐忑地回答，我並沒有給他們安排什麼啊。有些人帶著懊惱的神情回去了，可能一路叨念著母親的藏私。身爲母親的女兒的我，得在此重申，母親確實很少給我們額外規畫些什麼，她只是在修復兒時遺憾時，帶上了我們。

而一切來自於此。

母親的學歷止於國小，是外公的主意。外公很早就公開心證，母親小學一畢業，就得外出打工以貼補家用。母親的導師知情後，特別造訪母親的老家，試圖說服外公，讓母親繼續升學。母親說，她遠遠見到導師的身影，趕緊溜出家門，躲在鄰近巷口，怕她若在場，大人不好說話。一邊躲著，一邊忍受胸腔內那急速搏動的焦躁。母親拚命祈禱外公會回心轉意，自己能夠跟其他人一樣，無憂無慮地坐在教室裡，理所當然地學習。導師青著臉踏出母親老家時，母親心一沉。導師辯不過外公的執著，外公並不認為女兒坐在教室裡，握著鉛筆，搖頭晃腦地朗讀課文，能讓他多買上一支酒。在工廠的生產線上站著給漁獲分類，能。

升學路斷，母親疾奔到鄰近的小山丘，望著海，不能在父親面前表達的，火燒火燎的憂怨，悉數化為淚水。日落星升，母親想到外婆應是在等她，她擦乾淚水，心灰意冷地走回家，幾天後她成為女工。

那年，她十二歲多一些。

母親也為自己的人生賣力掙扎過。在工廠安頓之後，她請幾位「小姊姊同仁」給她圓謊，瞞著外公，報名了夜班。鐘一響，母親奮力踩著別人暫借的破鐵馬，匡啷匡啷地去上課。平常浸泡在酒精中醉生夢死的外公，對於錢倒是很精明；沒多久，外公算出母親上呈的加班費有短缺，當下衝往工廠堵人，眼見紙包不住火，同仁們只得吐實，她讀書去了。母親下課返家，外公怒不可遏地把她抓來痛打一頓。母親退了學，之後幾十年，她都沒辦法回到教室裡頭，聽上一個鐘頭的課程。很有可能，她整個人的一小部分，也被徹底地拘留在那個挨揍的夜晚。母親曾教我一個方法：如果很傷心，就對著海哭，想像痛苦隨著海浪快速後退，離你遠去，一個小時不夠，聽一整個下午。很多年之後，我踏上了澎湖，來到了三十年前承擔母親眼淚的海，我才認識到，母親說對了一半，對著海哭，並無法止復我們淌血剝落的知覺，只是讓海濤取代了心聲，只是不再留神傾聽那發自內心深處的嘆息。

母親很少講她在成爲「母親」之前的事。縱然提及，也是草草帶過，一副「沒什麼好說」的模樣。我也是這幾年，才慢慢瞭解到母親爲什麼避談她的往事，過於苦澀，光是回憶，心就似有石子在磨。

十二歲被迫輟學，十四歲，母親在外婆的建議下，獨身踏上了航往高雄的船，薪資都往家裡輸，留給自己的很少。爲了省錢，半年才回家一次，回澎湖的船票價昂。在台灣，母親一口澎湖腔的台語，常遭人棄嫌、嘲笑。她那時跟一位「本島」的同仁交情甚篤，下班後，母親請那位同仁陪她聊天，母親想從她身上模仿「標準」的台語；其他的閒暇時間，她繼續學國語，工廠內的報紙是她的免費教材。報紙一下子就過時了，母親拿來練字，也沒人閒話。母親是這樣子自修的：她讀報，右手提筆等著，一旦出現了生字，圈起，搬來辭典翻尋，緊接著在報紙餘白處重複抄寫，直至完全記熟了那個字的形音義。除此之外，母親也觀察到這些譏諷她口音的人，是有痛點的：他們也因自己的「台灣國語」而被社會上其他一批人譏諷。

從小到大，目光中的母親，認字淵博，還說得一口字正腔圓的「國語」，我於是錯讀，以爲六年的教育就能陶養出這些。後來母親揭曉箇中心情，我恍然大悟，這是母親的求生之道：國語說得「好」，會有一層保護傘，讓「台灣國語」的人不敢再輕率刁難母親的澎湖腔。

母親的國語日益標致，好幾次被誤認成外省人。

弱弱之間也許能相互撫藉，但他們更可能相互凌壓。本島的與離島的，本省的與外省的，母親無意識地調換著符碼與象徵，只想要配出一種命運：不要再被人霸凌了。也是在這階段，養出母親如瓜果般，沉沉個性裡那清爽的香氣：她不但痛恨貿然地分說一個人好壞，還有本事忍耐別人指著她胡言亂語，心湖一片靜好，波瀾不興。我則不然，我老是一而再、再而三地為了他者似是而非的評語而黯然落寞。母親莞爾，若我在十四歲的時候，像妳一樣玻璃心，早尋死尋活了。我明瞭她描述的是眞實，只是她依然改變不了，她的女兒有一顆過於透明的心。

母親以長女的身分守護了她的家庭。在本島生根後，外公基本不捕魚了，成天意興闌珊地曬網。母親意識到斷炊的嚴重性，把手足一個跟著一個接來高雄。高雄百業待舉，找工作並非難事。投入勞動的人口變多了，這個家看似即將撥雲見日，母親驟然罹患重病，牙齦腫脹，吞嚥困難，近一百七十公分的身子，消到三十八公斤。醫生說唯有台北的醫院有技術收治，聞言，母親反過來安慰外婆，說她累了，這樣就好，不用再治療了。母親算過了，高雄到台北的交通往返、住宿和醫藥費，累計起來，這筆龐大的支出會再次壓垮這個家庭。母親瞞著外婆，把大妹喚來榻前，跟她囑託，我若走了以後，妳也要學我一樣，撐起這個家。她的大妹——也就是我的二阿姨，答應她，若事至盡頭，她也會學習姊姊，辭去學業，拉拔弟妹長大。這個橋段，母親只同我講了一次，她事後奇蹟似地以一帖中醫的水藥渡了關。但在意識如鉤下墜，感受自己即將蒸發爲雲霧之際，母親跟我吐實，那時她覺得就這樣子走了也無所謂。活著有多少幸福，未曾有餘裕細數，倒是很想再投胎一次，看看是不是能有更好的生活。

我問過母親，爲什麼想要擁有孩子？母親說，前半生，她最常有的情緒是孤獨。長年在外拼湊家計，跟家人相處的片刻很短暫。等到日子不再那樣匱乏了，手足一一成家，她反而困惑了，那她呢？於是她渴望孩子了。母親打過一個比方：「像是妳正好把家裡給布置得很理想，看了看，很滿意，這麼舒適，怎麼不再邀請一些人來呢？我邀請的人，也就是你們。」

於此，我想要退後一些，去講我自己的看法，以我的心眼去拆讀母親未竟的詞語。我偷偷想過，母親之所以渴望孩子，也是想透過與我們一起生活，去讓某些她永遠朝思暮想，卻也永遠得不到的氛圍，得以再現，而這一次她能夠不被辜負。我說的正是童年。童年是，兒童不做他想地活在屬於他們的時節裡，無所事事，卻對整個世界都了然於心。同時，我們很難去否認孩童帶來的未來性，孩童，很難不敦促我們，對於這世界即將要發動的聲響與事變，更嚴肅關注，我們今日製造的是非，也會延續成他們生活的一部分。孩童的存在，提醒我們，活在當下，也要活在未來。而孩童的未來性，有時也能夠逆向地渲染當事者看待昨天的目光。母親藉由送給我們完整無傷的童年，修補她自己的兒時遺憾。

我三歲多一點時，母親把我們姊弟從奶奶身邊接過來同住。平日她把我們安放在幼兒園，假日時她喜歡不著痕跡地把我們牽入科博館，一來就在附近，一來她自己也想看上一看。我們三人一同見識細胞分裂、恐龍滅絕，哺乳類倖

存的關鍵；更對於巨齒象和噬菌體的外型激賞不已。我對於動植物萌發了濃烈的興致，勢必得認讀看板上的介紹文字，母親在我後頭一行一行朗讀，不忘跟我解釋意涵。博物館以外，我們也去書店，這其實是她個人最享受的自學時段，爲了安撫我們，她跟我們談條件，離開時我們能帶走一本我們喜歡的書，或者兩本。我跟弟弟從母親那猶豫爲難的語氣中，誤信書本是什麼貴得要死、其他小孩會拚命把握的獎勵。先前進入安靜場所而翻湧的躁動，瞬間轉化爲狩獵般的冒險。對於孩童而言，跟父母出門，帶回一兩樣專屬個人的禮物，總之是神氣的。

曾有一回，一本書的插圖吸引了我的視線。文字沒附注音，有些段落我跟得很吃力，我抱著那本書，請母親念給我聽，她從自己的書本抬起頭來，遲疑幾秒，說，「媽媽也在讀書，妳可不可以挑一本更簡單的，自己讀？」語畢，她的目光又落到書上。我至今仍忘不了那黯淡的心情。我以爲母親會放下書本，但她沒有，她把書本抓得更牢靠，彷彿那是一張船票，她乘上船，前往更豐饒的他方。也因爲如此，我之後也把書抓得很牢靠，不太情願放下。大學時期，女性主義的課堂上，教授請我們留心周圍的性別分工，包括電影中的情節呈現，若孩童驚擾了父親的工作，勢必得有一名女性跳出來，把孩子給帶走；但母親被驚擾時，誰來把孩子給帶走？這幾年，我在網路上寫字，時常收到讀者的訊息。其中，有母親身分的讀者，寫訊息給我時，偶爾會以這種格式開場：在孩子不停的吵鬧、打擾下，好不容易看完了您的文章……

我時常爲著這份坦裸而深受觸動，眼眶泛紅。

彷彿遇見二十年前的母親。

吳爾芙說，一個人能使自己成爲自己，比什麼都重要。也說過，女人若要寫作，一定要有錢與自己的房間。譯爲房間實在是太可惜了，room，我更偏愛取其「空間」之意。再重新凝視，當下我跟母親在書店對話的場景，重複播放與定格，我關注的對象不再是那個碰了軟釘子的小女孩，而是那名女性，閱讀的時候，她快樂嗎？我祝福她，多爲自己停留一頁的時光也好，更想爲她祈禱，回歸生活時覺得自己比展書前，多豐盛了一分。母親給我示範，她沒有爲了我而放下實現自我的短暫時分。我以後也不要輕易爲別人放下我的，即使那個人我愛逾生命。

上國小時，母親慎重地交給了我一樣物品：字典。她同我確認，是否知悉使用字典的方法。她在我面前，示範了一次，再把字典放在我手上，信手寫了一個字給我，要我翻找出來。母親個人使用的是《辭海》，放在我的字典隔壁。自字典交付我手上的那一秒鐘起，母親再也不回答我任何一個字，在路上讀不出招牌，問她，她只要我記下，返家後以字典查。她認爲工具已在手上，我不能、更不應動輒依賴著別人的好心。母親以身「示」法。她自己若遇見了生詞，也是不改顏色地搬出《辭海》檢索。相處近三十年，也只給她問到一個詞，齟齬。那是在近年。我本來要端起臉，模仿她從前的義正詞嚴：已經給妳《辭海》了，不能總依賴別人的善意。念她已兩眼昏花，《辭海》的字又袖珍，我改而細聲細氣地解釋，ㄐㄩˇ——ㄩˇ——，起初是牙齒上下不齊，引申爲人跟人之間意見相左。母親跟著我複誦了數次，嚴肅地發音，彷彿再不緊咬住這個字，這個字就要從她的雙唇中脫逃。

我當然討厭過母親的作風。有時童話讀得興起，去找母親問字，她也狠心遙指家中擺放字典的矮櫃，硬是不答。爲著一個字，得在字典裡翻尋，字字都在此山中，對於幼小的我，也有雲深不知處的陌然。我爲了輕減人生日後的負擔，若課文學到了雨，就連著部首一路讀到雪霞霜霧霪，也因爲每顆字都是我親手掘出，格外刻骨銘心。小學二年級時，去見導師（鐵定是又幹了什麼好事），導師桌上有課本，爲了打發無聊，我拿來翻閱。導師來了之後，沒有對我的不告而取動氣，反好奇地問，高年級的國語課本沒注音，妳看得懂什麼？我一行一行地清聲讀給導師聽，不確定的部分，索性模糊帶過。從導師如獲至寶的臉，我猜測自己的表現不錯。導師推測我的雙親必有一人爲知識分子，並不是，按母親慣用的說詞，都是勞動界的朋友啊。

國小以前，我是敬仰母親的；升上國中，這份敬仰日益生變。

國中的第一堂英文課，老師問全班，有誰沒辦法按順序念出所有的英文字母。我不疑有他舉了手，環顧四周，後悔了，自己竟是少數。老師嘆了一口氣，告知全班，我們從頭教起，班上有人沒學過基礎。回家後，我把交融了難堪與羞恥的心情扔給母親。母親眨眨眼，跟我道歉，說，我只讀到國小，不清楚原來英文這麼重要。妳的學歷比我高了，不然這樣子，我再帶妳去買一本英文字典好嗎？我以沉默，作爲跟母親賭氣的表示。這份複雜的情緒，到了高中愈加嚴重。升學考試是世故的淘選系統，不僅淘選出成績好的人，也隱約淘洗出家世背景在社會前中段的同學，同學多數都家學儼然，相形之下我的背景相當突兀。客觀上我明白萬般皆是命，主觀上卻藏不住半點不由人的感傷。我跟母親辯論，誰的父母在教學上多積極。我的摯友，自小的學習都受到父母的嚴密治理，我嚮往過這種境界，以爲愛一個孩童不過如此，約束他，治理他，確保他的時時分分都沒有辜負，年年都百尺竿頭。我那時過於自陷，而未能讀出摯友其實在隱忍，隱忍自己得收下一份過於貴重又不能拒絕的禮物：在父母的無微不至之下，你有義務要讓自己活成人上人，你得爲父母爭氣。

我甚至譴責了母親的無爲而治。

高二時，身體出現胃酸逆流，每個禮拜得有一天往醫院報到。我跟母親坐在醫院的長椅上，等待牆上號碼的跳躍，有時母親會想到什麼似的，說，不要給自己太大壓力；下一秒，她又陷入自我審查、修正，算了，當我沒說，我也沒讀過書，我懂什麼。對話到此懸空，沒人承接。下一個星期我們又坐在同一張長椅上，忍受同一份尷尬。相形之下，照胃鏡眞是太輕鬆了，一根細管，數個小時的節制，幾分疼痛跟設計過的放輕鬆，就能看清楚病灶。也許那時候我與母親之間也需要一根管子，照看生活的酸液是如何給我們之間的關係腐蝕出窟窿。爲什麼到了後來我們抒情的方式只剩下沉默，沉默至少稀釋了我們對彼此咆哮的欲望。我怨過她，因爲妳只讀到國小，什麼也不懂，填志願的時候妳甚至不知道學校的排序。這反覆纏捲糾結的情結，待我大學畢業，才有了釋懷的契機。摯友與我吐露生命的負擔，我也看到其他孩子的傷楚。他們被父母的期望壓得喘不過氣，而我的母親從頭到尾，不忘送給我最難能可貴的愛：自在。

以自己的樣子存在。

而我竟指責她為我做得不夠多。

我該跟母親道歉的，但我並沒有。我以為母親能從我重新釋出的依賴，理解到我對於自己過往的言論，實則是懊悔的。我以為這樣子做就沒事了，何苦去翻動傷疤，搞得彼此都尷尬、不快。我低估了道歉這舉止，對於受傷的人而言，是不容省略的儀式。道歉是，讓對方感受到，自己承受過的痛苦，也有被嚴肅以待的資格。道歉是，把你從別人身上掠取走的物品、情感或尊嚴，謹慎地交還給對方，因為那本來就屬於他們。道歉是，你請求原諒，對方不一定會原諒你，但若對方認識到他有原諒與不原諒你的選擇，他生活的所有層面，將比一開始好很多、很多。

我竟以為我可以省略掉這個環節。

一場外國的旅行，我終於意識到自己錯得有多離譜。那時，飯店的系統出了點疏漏，我們一行人準備下榻時，飯店已是滿房的狀態。我跟櫃檯以英文爭執起來，母親也緊張，不時出聲詢問，怎麼了嗎？櫃檯請出了經理，我得同時跟兩人溝通，母親的頻頻詢問讓我左支右絀。我轉頭，以不耐的語氣說，妳先在旁邊等好不好，我這裡很忙。幾天後，在餐廳裡，母親突然開口，那日在櫃檯，妳讓我很受傷。妳讓我覺得我英文不好，什麼都不懂，是個累贅。母親似是再也承受不了，一把撕開我們多年以來，絕不輕易碰觸、也從未結痂的傷口。她問，命運怎麼開了個玩笑，讓鴨子生出天鵝呢？聞言，我跌入時光的迴廊裡：科博館的標本、母親爲我朗讀看板上的介紹、手上字典的重量、我升上國中時那既欣喜又心酸的祝福，「從今天起妳就讀得比我上去了」；也連同高中之後的片段回憶。在她認識的字比我多時，我們相互理解；而在我習取的知識比她多時，我卻單方面地關起了頻道，再也不讓她收聽。羞恥感淹沒了我的心房，我豈止紅了眼眶，眼淚撲簌簌直落。鴨子怎麼會生出天鵝呢？我生平見過最溫柔、最友善的控訴，再也想不到其他一種表達方式，比這樣的言說還委婉深沉。

我深知母親苦於她的失學。她終其一生，在職業上的選擇很少，升遷時也總是礙於學歷要求而晉升不得。我深知母親辛勞的一生，與她長女的身分密切相關，她犧牲自己，換來手足的進學。我偶爾體諒，偶爾怨懟著她奈何要生為長女。我把一切形容得彷彿她可以選擇，但她沒得選擇。

弱弱之間可能相互撫藉，更容易捉著彼此的痛處為難。

我跟母親道歉，我錯了，我的書讀得太差勁了，知識的存在是用以認識自己，而非否認來歷。明明在很久以前我們是很好、很好的。母親也掉淚了。她原諒我，她總是能。諒解別人對她的誤解。人不知而不慍，這個人是我母親。

到了三十，看得更清晰。母親沒有給我指示，她給了我一盞明燈，我要往哪兒去，她極少干涉。很多孩子沒有機會得到這種自由，他們的父母不僅給了地圖，也決定了路線，連景點都精心安排，應該喜悅與感到幸福的時程都列在表格上。不只一位先生女士，曾跟我表達他們對於我家庭環境的戀慕，至今他們猶在羞赧著，沒有把自己活得超群卓越，怎麼對得起那些被撕毀的成績單、情深意重的羞辱，以及午夜的罰抄與巴掌？他們說，好難想像有父母能夠讓孩子在學習時，不必與痛苦產生聯想；在作育英才時，不把一個人的道路給說死說盡。

我跟弟弟對於知識的戀慕，很大的成分來自模仿，模仿著我們最重要的人對於知識的渴慕，她若得一秒鐘的清閒，就讀一段文字，報章雜誌都好，而她的兩個小孩跟在她的身後，陪她搖頭晃腦，把整個世界都收納於掌中開闔的書頁。母親沒有藏私，她並沒有爲我們精心規畫出縝密如針的學習計畫，也不曾給我們編排時程，她甚至沒有對於我們的成績好壞，標上一次評價。她只是把我們引進了水畔。我們見她泅水，拍浮，時而沒入水體的核心，時而仰出水面深深吸進一口氣。我們從此以爲，一個人能夠不被驚擾地默默讀完一本十萬字的小說，跟舔食一大湯匙的奶粉，敲了一整個下午的電動，一樣快樂，一樣值得百年追求。一切所成，都來自一個十二歲時在教室裡被抽走椅子的小女孩。再次回答那個問題，醜小鴨怎麼會變成天鵝？因爲醜小鴨的媽媽，本來就是天鵝啊——

別人的故事

故事的有趣之處在於，我們願意聽無數個人說。我們早知情在幾秒鐘之後會有枝椏隱現，鳥的啁啾與暢鳴，女孩搖著裙襬走入蓊鬱的迷林，海平面上的那一層浮沫流散；我們也知道，再三個謊言，即將有人走上火刑台，而最後有情人終成不了眷屬。即使如此，我們仍熱烈歡迎故事的造訪，如同千百年前聚集在火堆前的祖先，等待著部落中的誰開口，帶來傳奇。

我曾聽過一個故事，由不同的人口中說出，第一次讓我感到心痛，第二次則讓我學會釋然。

高雄阿嬤，我母親的母親。很年輕時，從屏東嫁去了澎湖，跟著捕魚的丈夫過起看天吃飯的日子。二十歲時，誕下了長女，也就是我的母親，之後她生了六個孩子，中間還流掉了幾個。我的童年，寒暑假都被母親牽至高雄，跟著阿姨舅舅的孩子們玩在一起。縱使成年了，仍習慣往阿嬤的住處跑，我曾想過，我與她之間橫亙著五十年的差距，使用語言的形式與習慣，勢必讓我們很難交心，但我卻沒有想到，正因爲如此，我成了一個稱職的聽眾。尤其在阿嬤選擇獨居之後，她似乎把我視爲一位偶爾出現、千里而來的遠親。她能夠在我面前吐露難以傾訴給眾多兒女的想願。像是她曾經指著自己浮腫且青筋蜿蜒的雙腳，以慈藹的口吻詢問，妳不覺得，人投胎轉世，換一副新的身體，很輕鬆嗎？我直到走進了高鐵的車廂，才遲遲地思量出阿嬤想告訴我的無非是，對於死亡，她已經準備好了。活了八十歲，她渴望無病無痛。她也許聽了無數個久病的父母如何小火慢熬地燒乾子女積蓄的故事，她也許不再能應付每一次跟著兒孫出遊，我們那麼擔心她不夠盡興，因而反覆詢問，腳還能行嗎？她變得更寧願待在家，拒絕了我們的邀約，我到了很後來才被告知，阿嬤的身體惡化得遠超乎她自己的理解，她也漸漸不能掌握自己的狀態，偶爾她以爲還能走，一落地背部又傳來劇痛。阿嬤個性剛烈，無法忍受熟悉的事物一一自掌中脫逃，也不願忍受別人以擔憂的神情注視自己。偏偏衆人是如此愛她跟需要她，她也不好明說自己的實際想法，只能寄託於一個看似無傷大雅的困惑，妳不覺得，人投胎以後，得到一副嶄新的身體，也會比較快活嗎？她甚至沒有提到一個死字，然而她隨時都能啓程的心意又是如此不容錯辨。

我也曾親眼目睹所謂的衰退。曾回去阿嬤的住處住過幾晚。一日，阿嬤跟我訴苦，昨晚她又失眠了，在客廳裡看電視看到一點多才進房。我驚愕地看著母親，因爲前一個晚上阿嬤分明是十一點多，服用了安眠藥，沿途扶著桌子跟椅背，輕手輕腳地入房，我待客廳滑手機直至凌晨兩點。我不可能混淆的。母親以眼神示意，請我稍安勿躁。等到只剩下我跟母親的時候，母親才跟我說，阿嬤有些時候記不住了，妳別嚇到她。我們都別嚇到她。

偶爾，工作不那麼忙，我獨自帶著情人去找阿嬤，通常也不會做什麼，就是聽她分享近日又追了什麼劇。阿嬤自稱她是「電視老人」，她著迷於觀看那些宮廷與深閨大院之中的愛恨情仇，見我不懂，猶認眞指著螢幕，跟我講解劇情，原本這裡是誰當家，之後誰蒙聖寵，繼而奪權。簡言之，阿嬤時常在我面前表演「五分鐘看完一齣戲在演什麼」的戲法。那日也是如此，我拉來椅子，聽阿嬤說戲，阿嬤倏地停下，提議，跟妳說一個故事好不好？我點頭，慵懶地取來桌上的橘子，以爲阿嬤又要跟我更新哪個演員的八卦，她很常入戲過深，深得跑去追找該名演員的眞實人生。見我答應得這麼乾脆，阿嬤反而停頓半晌，好一陣子才提聲，說，這是一個很多年前的事情了，妳還記得我們以前並不住在左營嗎？那時我們住在三民區。我的心一個磕碰，哦，原來說的不是演員跟戲劇，說的是我們。我把橘子剝開，分成一瓣瓣，高雄的冬陽十分宜人，我半瞇著眼，回答，記得啊。我勾勒了一下老家的街景，以及那時我多喜歡跑到對面人家的窗前，偷偷「陪」著他們把電視給看完，老家的電視時常故障，而別人家的電視總是不叫我失望。見我還保留著那時的回憶，阿嬤笑了，她的笑很快地斂起。她強調，這個故事，是隔壁鄰居發生的事情。

隔壁鄰居，生了很多小孩。老大是女的，所有的小孩之中，就這個老大最會念書，到了哪一個班級，就是那個班級的第一名。可是呢，因爲家境困難，這個老大讀到小學六年級，她想要再念上去時，這個鄰居的先生，不曉得是因爲自私，還是在想什麼，我們不知道，反正，他很堅持要把這個女生送去做工。這個女生她很會讀書，也不想放棄讀書，她白天去做工，晚上她就溜去讀夜校，這件事，這個鄰居知不知道呢？她當然也知道，她覺得，這麼可憐的女兒，就讓她讀吧，於是她也幫忙隱藏著這件事……

到這裡，我再怎麼昏昏欲睡，也不得不驚醒了。我意識到，此時此刻，是一個魔幻的場合，這故事我早已聽過了，十年前，從眼前這個女人的女兒口中，一模一樣的故事，而敘事者告訴我，這是她的生平。然而，爲什麼外婆要堅稱這是他人的故事呢？我忍不住看了我的情人一眼，他也曾從我口中得知母親的童年多麼不容易，情人愕然的眼神，使我更加確信我們正處於一個不可思議的情境。

阿嬤說了下去。

後來，因爲女兒拿回家的金額不對，這個鄰居的先生以爲女兒有私藏，要跑去工廠質問，堵不到人，才發現女兒溜去讀書了。那個晚上，鄰居的女兒回到家，看到父親在等她，便知道被抓包了。鄰居的丈夫氣到一直打那個女生，那個女生也沒有躲，那個鄰居看著自己的先生這樣打小孩，她想，老天爺，我的女兒上輩子是做錯了什麼？為什麼這輩子要來到這戶人家，做我的小孩？

我第一次聽到這個故事時，約二十來歲，那時我尚未世故，時常以為人情容易，而世事艱難。即使民法教授說人生最困難的事，莫過於求人難，我也不以為然。我問過母親，在妳挨揍時，阿嬤在哪裡？母親的眼神滲進一抹鬱色，她的聲音十分平靜且節制，她反問：為了一個孩子而忤逆丈夫？之後的孩子怎麼辦？如果丈夫失控，開始揍人打別的小孩，妳又怎麼辦？妳聰明的小腦袋瓜，怎麼會想不透，人生不是都有選擇的……我不服氣，又質問，難道阿嬤就只能這樣看著丈夫，為了酒錢痛打一個想讀書的女兒嗎？

母親沒有順著我的疑問，她不著痕跡地繞開，給了我另一條路徑。

她凝視著我，說出心內話：「我只能說，你們活在一個很好的時代。妳說不要容忍，沒有錯。但阿嬤活在一個女人一出聲就會被丈夫打的年代。那也是眞的。我體諒她，一如我體諒妳。妳很多時候的言行，也不是我可以一下子就想明白的，我尊重我與妳生於不同的年代，有不同的可能性。」

電影《爲愛朗讀》中，女主角漢娜爲了保守自己的秘密，而情願承擔更長久的刑期；而男主角麥可，一位法律系學生，曾在年少時與漢娜譜過一段青澀的戀曲，他必須思考「如果是當事人自己要求保密，該怎麼辦」。我面臨與麥可相當的處境，如果當事人覺得這就是最好的結局了，該怎麼辦？

只要有心，母親與外婆之間所歷經的種種，不難抽繹出一些質素，將之加工成一個帶點控訴意味的故事。我的母親卻選擇了不要這麼做，理解自己的母親爲了周全多數孩子的福祉，而旁觀一個孩子的痛苦，而她正好是那個孩子。母親選擇了另一個視角：因爲這個孩子的犧牲，其他小孩有驚無險地接受了適切合宜的教育。我到了更久之後，才徹底地釐清，母親送給我一樣很大的禮物：若某天你受情勢所逼，而沒有足夠勇敢，你依舊值得一份諒解。

阿嬤把我拉回此時此刻。也許是意識到這敘事過於沉重，她想要轉換一下氣氛，她轉而說起那名女孩的幸運。那時，腳踏車是奢侈品，鄰居的女兒跟她媽媽說，阿母，我想要一台腳踏車，上下班用的，我不想再跟同事借了。這個鄰居想，我怎麼有辦法爲妳找來一台腳踏車？鄰居爲難了好幾天，跟那個女兒說：我沒有辦法給妳一台腳踏車，但我可以教妳如何籌到購買一台腳踏車需要的錢。這鄰居就教她的女兒跟會，沒想到這女孩在工廠很有人緣，才不到一天，就湊足了十二個人。這個女生擁有了一台腳踏車。這個鄰居看到她的女兒有了腳踏車，心底很安慰，她覺得她的女兒總算不再是什麼都沒有了。

現在問題來了，阿嬤掙扎了半晌，終於把她的問題交給我。妳覺得這個鄰

居對她的女兒很壞嗎？我扔出另一個問題，這對母女呢，妳還有跟她們聯絡嗎？阿嬤很警覺地搖頭，我們搬來左營這麼多年了，早就不曉得她們去哪了。我注視著阿嬤，好想告訴她，這個女兒早就不怪妳了。偏偏我不能這樣做，阿嬤已經做了角色設定，我得尊重她作為一個作者的尊嚴。我告訴她，妳也不知道這個女兒現在過得怎樣，也許人家現在日子正好，嫁了人，生了幾個小孩，也跟我們一樣，偶爾會埋怨時機歹歹，可是，應該也不後悔這一世人吧。

駛回台中的路上，我問情人，欸，你覺得，為什麼從頭到尾，我的外婆都很堅持，這是一個別人的故事啊？情人握著方向盤，直視前方，以一種不很確定的口氣訴說，也許是因為妳阿嬤，無法承擔答案的重量吧。

我也是這樣想的。

什麼時候我們需要故事，需要寓言，需要戲劇，需要迂迴地創造出另一個世界，再讓人物在那個世界裡搬演著我們能夠想像的種種可能？我們也怕吧，若沒有這個世界，那麼一切的一切，所有的所有，我們要如何承受？

回到台中，我同母親說，阿嬤跟我講了一個很長很長的故事，妳有興趣聽嗎？母親站在原地，偏著頭，注視著我，似是疑惑自己的母親難得有說故事的雅興。我從鄰居的女兒想要繼續升學說起，到這女孩進了工廠，接受了自己的命運，轉而寄託於一台腳踏車。尾聲。我問母親，哎，爲什麼從頭到尾阿嬤都很堅持，這不是妳的故事呢？

母親凝視著鵝黃色的桌面，驀地又將視線升起。知道阿嬤還記得這件事，那就夠了。說完，她的臉頰與眼眶一起紅了。

年事已高的阿嬤，記憶逐漸散佚的阿嬤，仍有股陳述的欲望，想對人說，四五十年前，她對於自己女兒的不幸、對於自己只能旁觀，不總是無動於衷的。

對母親來說，故事走到這，即是最好的尾聲。

創作者的另一半

五樓十二號展廳，MoMA藝術博物館，紐約。二十八歲。這是我與芙烈達·卡蘿第一次見面的關鍵字。她是我最欣賞的畫家之一。

我就讀的高中，校長相當重視學業成績，升旗時，精神矍鑠、神采奕奕的校長，習慣以一種恨鐵不成鋼的沉重語態，講述著我們的學姊們歷年考上醫學系的人數，是如何消長變化，語末，則重申「讀書人的本分」在於考上明星大學。在這種升學至上的風氣下，術科老師竟也相當倔強，不僅嚴拒出借他們的課程給其他老師作爲考試之用，還反其道而行，要求我們正經看待藝術課程。從史前的壁畫一路介紹到後現代主義藝術，我從中知曉了芙烈達·卡蘿。這名粗眉、臉龐輪廓與五官帶有逼人英氣的女子，處心積慮嫁給里維拉，年長她二十歲的墨西哥壁畫藝術巨擘，起初，人們以里維拉的名字來記憶卡蘿，現今的人們多是從卡蘿的畫作認識里維拉。我欣賞卡蘿，或許有部分的心意是欣賞她的堅毅，她掙脫了種種侷限，讓世人得以看見她的才華。藝術史上，創作者的另一半是很難發光的，跟投身藝術的人一起生活，很難不被捲入陰暗之中。若另一半是女性，故事通常更慘烈，妳的點子會被佔取，掛上丈夫的名；或者妳只能服侍他。創作者除了自殺率遠比多數職業還要高，日常生活也有成爲豬隊友的高度或然率。

我幻想過不只一次，若能有個誰，可能是創作者的家屬、朋友、情人，甚至是編輯，舉起勇氣，從幕後躍到幕前，大書特書創作者私生活的那一面，搞不好比本人的作品還賣座。要我來猜，這種活動的結尾，應該會出現「不要跟創作者在一起」的勸世呼籲。

許多創作者討論過一個議題，創作的過程看似靜態，實則是很「肉體性」的（不是大家期盼的那種肉體性）。你可以感覺到身體被嚴重地耗損著，頭髮掉落，身材出現戲劇性的變化。一如李維菁在個人專訪裡提出的見解，「這是浮士德的契約，繳出全副身心與生命經驗，不只腦、不只任何器官，你必須全部下去。」是的，創作者下去了，身爲創作者的家人、友人、愛人，只能眼睜睜看著，他這樣簽署浮士德的契約，他全部撩下去了。

那你呢？你怎麼辦？有沒有一場說明會，是專屬創作者的家屬，至少讓大家可以認識一下，組織互助團體呀。

這篇文章是我對於身邊的人的懺悔。

爲了書寫，我常常半自動半被迫地進入了一個沉默，且對時間毫無感應的狀態。除此之外，整座身體變得相當功能導向，舌齒喪失了對於佳饌的鑑賞，而只是碾碎食物的工具，確保滑過胃壁得以迅急且無傷。縱被帶到景致的面前，也只是呆滯地感受到，自己暫時無法與這樣的畫面對話了。鳥的鳴唱，草莖的抽長，耳得之卻爲不了聲，目遇之卻成不了色。與創作無涉的畫面，傳遞至腦內的路徑崎嶇且鈍。我聽過很多創作者自承，自己在進入狀況時的那副「死樣子」，整個人木木的，唯獨心腦中某個隸屬於創作的範疇正得得地高速騰轉著。有些人更進一步反省，說自己偶爾會對於那個陪在自己身邊的人感到愧疚。這副德性，一個不小心就會濫用他們對你的支持。我個人最失控的時刻，莫過於文字已在生產線上列隊滑動，只待我的指尖在鍵盤上輕啄，它們就能墜落在螢幕上，從虛成爲實，從承諾變成踐成，從靈感脫胎成橋段。這時，突然我需要一些什麼，可能是水，或食物，或誰來爲我掩窗，因太陽的移動使得螢幕反光變得刺目。我必須出聲，但若我一開口，很可能會驚動那正在我旁邊垂眼監工的繆思女神，她的庇佑也許不再垂憐於我。我只得伸手，如幼兒一般，指著我需要的物事，且作牙牙聲響（天啊，那樣子單憑想像就好想揍我自己，裝什麼巨嬰）。我的家人、情人，鮮少埋怨，只是半蹙著眉，服從指令。我猜他們的脾氣都想發作，但忍得，可能也不是很分明自己在忍什麼，搞不好在心內算計，好罷，看你能磨出什麼名堂來。

有一回，早上十點我答應母親，下午一點要與她共進午餐，豈知那天狀態奇好，節奏穩毅，母親來敲我房門時，突襲腦海的念頭是：我不是才坐在電腦前沒多久嗎？往壁上時鐘一看，兩點半。母親說她實在餓得辛苦，雖知我會不喜，她還是得伸手撫觸我的膜。是的，膜。她說我在寫作時似乎自成一膜。膜隔絕了外界的物景與時間。她得驚動我，又不能使膜迸破。得提醒我維持身而爲人的最低默契，但又不因此導致塵務經心而亂了文興。其後，每逢寫作行至瓶頸時，

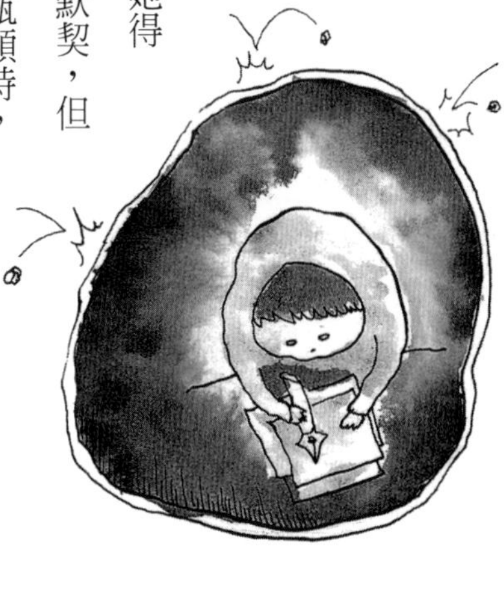

我就會憶得母親那張又挨餓又不敢直說的臉。我不免想，自己虧欠她甚多。

爲了維持精神生活上的絕對，許多創作者只能對於物質生活相對了。不只一回，看到創作者坦承自己在柴米油鹽醬醋茶上的力有未逮。暴食者有之。酗酒者有之。癲狂者有之。藥物成癮者有之。半夜會孤坐在沙發上自我懷疑者，亦不在少數（越寫越覺得跟某些創作者共處一室，可能是上輩子踢翻他的骨灰罈）。即使創作者看似「沒有在進行一個創作的動作」，也不代表此刻他是可親的，很有可能他的內心搬演著寧靜的風暴。作品與眞實生活中欠缺一個明確的分野，有時戲劇性踰越了作品，侵潤至創作者的現實人生。想到上述種種，不禁冷汗直流，陪伴創作者，何嘗不是苦行一種？且苦行的果往往不是結在自己身上，而是落於鄰地，成全他人之美。創作者在做功，身邊的人則是做功德。

隨著我越寫越投入，偶爾得離開膜，出門接受採訪或者赴外縣市演講，彷佛有光，不僅僅是照明青睞著講台上的我，更是他人落在自己身上的眼神，間或是坐在對面殷勤提筆抄寫的記者，間或是在台下抱著書對你笑容可掬的讀者。我偶爾會升起一股衝動，跟台下的人告解，你們可知我的每一天活得多蒼白不安，怕寫不出來，怕寫出來了但不夠好，更怕今天寫得不壞，明天卻寫得像大考作文。要不是有人傍在我身，伸手撐扶，我很有可能是遁進去，卻回不來的。

故事存在的前提是說故事的人還在、還完好。一如位於克里特島的迷宮，曾有勇者擊敗牛頭怪，但若少了線球，給主角帶來一線生機，神話也只有夭折的命運。有多少創作者最終沒帶回故事，反倒自己也成了傳說？

許多前輩說過，創作者多少是吃上了天風，否則生活人人都在經驗，人人都能寫，爲什麼只有一部分的人寫成？但，若沒有人在地面上給我們護持著韁索，在我們需要回身時，一節一節地將我們給拽回，創作者很有可能如斷線的風箏般，被卡在高處與低處之間，既觸不了藝術的堂奧，也無法重拾生活的語言。編輯在版權頁中隱隱現身，然而圍繞在創作者身邊的人們，竟無一個頁碼專屬他們。我漸漸理解到爲什麼很多創作者會在扉頁或書末記名，謹將此作獻給他們親愛的父母伴侶孩子們。以前我看到有些創作者甚至載道，「若沒有你的支持，本作無法完成」，我一度以爲這是情溢之辭，識事以後，才深深覺得這其中不無奸巧、得了便宜還賣乖的成分。試想，這樣一個輕微慎小的工事，就能還報那些早在才華存在之前率先肯認我們的善心人；在創作落成以前，先以各種看不見的、或看得見的資本投資我們的冒險家。我們不過是往旁邊斜斜一站，把自己所得到的光的眷顧，讓了一隅給他們，如此豈能襯得上他們的無名付出？是的。唯有把我們完成的物事，標籤上他們的姓名，我們才可以勉強說，人事已盡。

後記

來一把合於心意的開罐器

很多讀者寫訊息給我。其中，有些人是這樣子開場的：「把孩子哄睡了之後，熬夜看完了……」有時人生比較困難，開場就會變成這個樣子：「在孩子不斷的吵鬧下，好不容易讀完了妳的書。」也有一位讀者，可愛得附上照片：她低頭讀著書，雙腿收在椅子上，而她的孩子手持玩具戳她，試圖索取她的注意力。她沒有說掌鏡的人是誰。我猜是她的丈夫。

我這回在寫字時，說不上來爲什麼，不斷地想起這些畫面。我理解到，原來我有一部分的讀者是長這樣子的。她們有孩子，而她們的時間被孩子切割得很零碎。她們很提心吊膽地閱讀，畢竟，要不被打擾地讀完一個章節，至少在孩子長大以前，是不易的。

在這本書從無到有的過程中，很多人關心地問：這一次書寫的主題是什麼？我獨自想了很久，到了中間階段，才有勇氣說，哦，我想書寫的是，我個人從小到大的一些感受。有些是與家人的聯繫，有些則是我身爲一個女生的經驗。有趣的是，有些友人得知之後，沉吟好半晌，反問，女生的生活有什麼特別的嗎？怎麼要特殊強調？我很訝異，他們以爲，既處於同一方水土，感受自是並無二致的。我幾乎要爲他們的無知喝采了。

我也無知過。

情人是左撇子。一回午後，我們在廚房張羅晚餐，我遞給他一把開罐器和一個玉米罐頭，說，喏，你把這罐頭打開一下。旋即轉身，去照顧爐子的火候，順手把菜葉給洗了。好半晌，我還等不到玉米，於是嘟囔，你怎麼開一個罐頭可以開這麼久呀？我湊過去，把那顆咬了一半的罐頭端至面前，我說，你看我這樣辦。沒兩秒，罐頭咧開嘴。我以爲是自己開罐頭的技術高明，直到他埋怨，那是因爲開罐器是爲你們右撇子設計的。我不信，把開罐器還給他，要他再示範一次。幾秒鐘過去，我看懂了，他是對的，那開罐器對付的簡直不是罐頭，而是他的左手。他得把開罐器託付於右手，也就是他的非慣用手，才能勉強地、事倍功半地，創造出一些進度。

這世界上散落著非常多顆罐頭，裡頭裝填著比玉米更閃閃發亮的物事，迷人的職業、夢想、志願、生活方式，或通往某些殿堂的門票。我很想要撬開罐頭。偶爾，我很幸運，旁人爲我遞上了開罐器，我很明白，我比那些沒有開罐器的人還要幸運太多了。偏偏，這麼多年下來，我也想送給自己一個木箱，並且站上去，誠實地宣

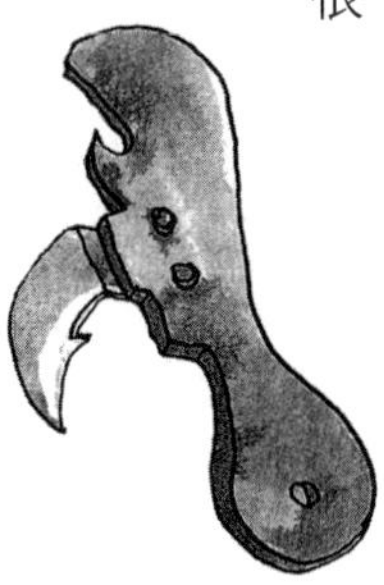

告，有些開罐器不是爲我這種人設計的。我得把這開罐器交給另一個自己。一個比較不像自己的自己。當別人告知我，嘿，我覺得妳這樣很好，跟很多女生比起來，妳好理性，不情緒化。我只能視之爲讚美，只能暗自壓抑著手的隱隱作疼。我那時還長不出聲音，去跟那些人說明，我之所以如此，是因爲我十分明白，同樣是抒發情緒，男人這麼做是眞情流露，女人這樣子做是歇斯底里。我得學習不要那麼常表達意見，這樣子會引來不必要的威脅。而在被允許表達意見的場合，我得愼於穿著，在無趣、醜和淫蕩之間，摸索出一套衣飾，既滿足審美上的標準，又不至於讓人誤認我別有用心。我漸漸對於自己撬開的與撬不開的罐頭發起呆來。我不能說我的手在痛，不能解釋我是以非慣用的自己在過活。女人一旦訴說起生活上的不理想，很難不被劃分爲無病呻吟。我在書寫的過程中，不乏有人支持，仍屢屢感到難爲情，甚至想著，也許該記錄更嚴肅的痛苦？

每每有這種意想時，那些女人的訊息，就如同從窗外探進的綠意，不驚擾任何人地，予我慰藉。她們也有這種淡淡的苦惱吧。多想要一些自己的時間。多希望孩子睡熟一點，讓我能夠安心地翻頁。我禁不住幻想，她們是如何輕手輕腳地步出孩子的房間，從櫃上取出書，翻到書籤的位置。壁上的時鐘顯示著十點多一些，或更晚。泡上一杯茶，在暖黃的燈光下，她們走進我的世界，還得留一隻耳朵注意孩子的細微聲響。而我，能夠交給她們孤獨嗎？讓她們再一次被說服，自己有時說不上來的鬱悶，並不值得認眞以待？不，不應如此。過往的漫長歲月，身爲女子的偶爾煩心與苦悶，被認定爲小家子氣的討論，大家不必放在心上。我們該重新檢討這種謬想了。最好的時節是，若有朝一日我們見到一個人打不開眼前的罐頭，我們能夠想像到，也許他手上的開罐器並不好使；甚至，我們願給他資源，讓他得以設計更合於心意的開罐器。

謝辭

最後，我想感謝一些人。

鳴人堂的編輯許伯崧、當時商業周刊主編慧如、博客來 Okapi 的多馬，你們在我還很生澀時，即遞送來寶貴的木箱，我能夠站上去，學習怎麼好好說話。你們讓我相信自己的聲音有其價值。也感激 Readmoo 讀墨與《自由時報》，你們提供了珍貴的機會與空間，尤其是 Readmoo 的憶慈跟臥斧，你們的存在，爲此書打下恆穩的地基，相當榮幸認識你們。學儀，妳的繪圖一再驚豔了我，文字與圖像原來能融洽至斯。而網路與書和大塊文化的雅涵、晁銘，你們是不可多得的夥伴，可以說，若沒有你們，這本書會失色許多。謝謝郁佳在我突然找不到自己的聲音時，陪我打撈它。

謝謝我的家人與家鸚鵡們。你們是我的心。

國家圖書館出版品預行編目 (CIP) 資料
可是我偏偏不喜歡 / 吳曉樂 著 ——初版．——
台北市 : 網路與書出版 : 大塊文化發行 , 2019.06
232 面 ; 14*20 公分 (FOR2; 40)
ISBN 978-986-97603-1-7 (平裝)

863.55　　108007547